锁春记

张欣 著

都市传奇 / 张欣经典长篇系列

花城出版社
SPM 南方传媒
中国·广州

图书在版编目（CIP）数据

锁春记 / 张欣著. — 广州：花城出版社，2024.4
（都市传奇：张欣经典长篇系列）
ISBN 978-7-5749-0116-2

Ⅰ．①锁… Ⅱ．①张… Ⅲ．①长篇小说—中国—当代
Ⅳ．①I247.5

中国国家版本馆CIP数据核字(2023)第255936号

出 版 人：张　懿
责任编辑：周思仪　王子玮　邱奇豪
技术编辑：凌春梅
责任校对：汤　迪
封面设计：L&C Studio

书　　名	锁春记 SUO CHUN JI
出版发行	花城出版社 （广州市环市东路水荫路11号）
经　　销	全国新华书店
印　　刷	深圳市福圣印刷有限公司 （深圳市龙华区龙华街道龙苑大道联华工业区）
开　　本	787毫米×1092毫米　32开
印　　张	6　1插页
字　　数	110,000字
版　　次	2024年4月第1版　2024年4月第1次印刷
定　　价	398.00元（全13部）

如发现印装质量问题，请直接与印刷厂联系调换。
购书热线：020-37604658　37602954
花城出版社网站：http://www.fcph.com.cn

我们终将发现，对手来自内心。期待着有一天坚冰已破，心花怒放。

一

许多人都以为，庄世博和查宛丹是在击剑场认识的，因为宛丹是一名花剑运动员，而庄世博又是一个事业有成，形象健康、阳光，坚持健身的成功人士。这样的组合，比较符合大众的浪漫口味，试想他们在摘下头盔后的回眸一笑，汗津津的脸上闪过不可言说的依恋，其实含蓄的爱情才最能打动人心。

每个人都觉得自己的日子不差，但也只是大酱萝卜，虽说有滋有味，终是上不了台面的东西。所以，别人都是比自己浪漫的。尤其是那种登对和抢眼的佳偶。

但其实世博和宛丹是在公共汽车上相遇的，当时他们都还年轻，世博还只是银行财会部的一个小科员。他们都坐公共汽车上班，彼此互不相识。这一天，世博站在宛丹的身边，宛丹是那种猛一看平淡至极的女孩，既不娇俏也不艳丽，身材更非香辣惹火，只是瘦削还略显单薄。任何人都不会多看她一眼，世博也不例外，他眼望窗外，随着车身的颠簸想着一些无关紧要的私事。

这时上来一位农村妇女，她看上去十分疲惫，胸口还抱着一个病歪歪的孩子。她正好站在宛丹的前面。见无人让座，宛丹便俯下身子，请坐着单张椅子的也望着窗外的男青年让座。男青年回头看了宛丹一眼，既没起身，也没理她，而且他根本也没看农村妇女。宛丹又说了一次，请你为这个抱孩子的妇女让个座。声音小小的，也还是温和的。

男青年仍不理会。

庄世博在后面看得真切，心想这个男人真没素质。可是自己一没座位，二又不是售票员，挺身而出好像也不对。

表面上似乎没发生什么事，但其实是平静之下的僵局。

男青年仿佛生了根那样长在座位上了。

宛丹就一直用小小的温和的声音请他让座，平均半分钟一次，这倒让庄世博有些意外，更想象不出会有什么样的结局？

就在宛丹说到第十七遍的时候，男青年终于熬不住站了起来，他狠狠地瞪了查宛丹一眼，足有一分钟的时间。查宛丹微笑地说，谢谢。农村妇女已经一屁股坐到座位上去了，重重地喘了口气。

庄世博当时就想，他要认识这个女孩。

下车之后，他跑上前去问她要了联络电话，本以为会费一番口舌，但宛丹看上去十分平静，也没有什么好奇心，一言不发地给他留了电话。现在想起来，他就是被她的平静打动了吧。

后来他们相熟之后，世博问过宛丹，你当时怎么那么执着啊？又不是什么大事。宛丹道，正确的事情为什么不坚持？我们就是太容易放弃了，我们缺少的就是执着啊。

有了宛丹的电话，世博并没有马上打给她，因为回到单位后一下陷入了繁乱之中，他很快就把公车上发生的事忘得一干二净。并且后来在公车上也没有再见过这个自称小查的女孩。隔了一段时间，世博再翻到这个电话号码时，遍寻记忆，也想不起本系统可有一个姓查的人？于是也就把这张纸片扔掉了。

隔年一开春，庄世博被借调到体委，说是配合外事工作。那时候不像现在，满街都是大学生，闭上眼睛抓一个也是英语四级或钢琴八级什么的。那时候像庄世博这样毕业于对外经贸大学英文系的人，总是被认为英文比较纯正，规范，不至于给国家丢脸，因为外事无小事嘛。到了体委才知道，原来是给外国教练当翻译。有一次在训练场上，庄世博意外地碰到了查宛丹，这才知道她竟然是一名花剑运动员。

闲暇的时候，宛丹教会了世博业余击剑，有时也两脚不动窝地用左手陪世博玩玩。

她的镇定自若，再一次打动了庄世博。

世博在体委只呆了三个半月，仿佛就是为了与宛丹续上前缘而来。在这之后，他们很自然地成为男女朋友，宛丹直发、素面，性情踏实沉着，这些都是世博内心深处的择偶标准。而庄世博的聪明、率真，加上俊朗的外表，也让宛丹渐渐倾心。

两年之后，他们喜结良缘。不久便生了一个儿子，取名庄淘，庄世博希望他淘气一点，但这孩子少年老成，六岁便上了全日制住宿的贵族学校，今年已经十二岁了。

时光荏苒，庄世博的官道可谓一路鹏程，在他迎来三十八岁生日之际，被正式任命为国有央行的副行长，业内人士均感受到了由他身上散发出来的耀眼光芒。宛丹虽说已从训练场退了下来，但似乎顺理成章地成为体委训练处的处长。两个人都有着自己的发展空间，总之，这个家庭无论从哪一方面看都是让人羡慕的。

然而，我们温习过往的一切，并不是为了写地产商或者游艇会的广告文案，事实证明，特别炫目的东西背后，总有不为人知的隐情。而这些隐情恐怕才是最真实的人生，无论你多么不愿意相信或面对。

最让人始料不及的是，随着时间的流逝，令我们惊奇的并不是查宛丹眼角的鱼尾纹，而是她身上那些女孩子鲜有的优点，一点一滴地褪变成了她的缺点，譬如她的执着、冷静，并不爱慕虚荣等等。

这一天是个普通的日子，普通到不会给人留下任何记忆。下午，庄世博在办公室接到宛丹的电话，约他晚上出来吃饭。本来世博的确有好几个应酬难于取舍，这样倒好，索性全部推掉了陪太太。

宛丹约他去的是一家叫诺曼底的西餐厅，因为餐厅设在公园深处，所以相当僻静。他们选择了露天座位，便能闻到草香。轻风拂面，烛光点点，宛丹点的又都是世博爱吃的菜，还要了一瓶库克香槟，种种迹象表明这是要庆祝什么日子。世博暗想，最近忙昏了头，却不知今夕何夕？宛丹淡然道，别想了，吃顿饭而已。世博笑道，这好像不是你的风格。宛丹道，当然了，粗茶淡饭才是我的风格。世博赔着小心道，我又没说什么。

饭后吃甜点的时候，宛丹用银匙切割着芝士蛋糕，有些艰难道：世博，我们还是分开吧。

世博愣了一下，并不太明白宛丹的意思。

宛丹不再说话，样子却是经过深思熟虑的。

世博吃了一惊，道：为什么呀？

宛丹略显忧伤道：我想了很长时间，也许是我对这样的生活厌倦了吧。

世博道：你觉得这是理由吗？

宛丹不说话，依旧切割着芝士蛋糕，但又一口不往嘴里送。

世博火道：你看着我说。

宛丹突然也火了：说什么？我没什么可说的。

于是，两个人都不说话了。空白了好一阵，世博道：你说的是真的吗？

宛丹点了点头，但是眼圈微微发红。她这个人，也曾是扬眉剑出鞘般的女子，带着伤痛完成比赛，不肯在人前落泪。所以她的话，不能不让世博感到沉重。

世博尽可能温和道：能告诉我什么原因吗？

宛丹答非所问道：本来想给你留封信的，可又不像我了，还是当面说了的好。

她看上去好像有点如释重负，落寞中又恢复了几分平静。最终也是她付了饭钱，像以往任何一次聚餐一样。只是这一回，她先走了，匆匆地消失在夜色中。

庄世博独自一人抽了一支雪茄之后，才起身离去。他以后再也不会到这家餐厅来了，什么诺曼底，简直就是滑铁卢，不仅酒太酸，六成熟的牛扒根本咬不动，没有一样东西是好吃的。

他回到家中，下意识地打开衣橱，发现宛丹拿走了她的衣服和出差用的皮箱。这时他才相信刚才发生的一切是真实的。世博呆坐在客厅的沙发上，好一会儿，他打了一个电话给妹妹庄芷言，手机是通的，但是无人接听。他无奈地放下电话。

他太不了解女人了，实在要找个人问一问。

庸俗一点说，以他现在的飞黄腾达，难道不是天下女人的梦想？宛丹就是再例外，也应该知道夫贵妻荣的道理。

有人开玩笑地说，当代女人的最爱，第一是路易威登的包，第二是卡地亚的手表，第三就是庄世博了。

现实一点说，他承认自己有些心高气傲，偶尔也会刚愎自用，别人认为他是有野心，而他自己无非是要实现做一个大银行家的梦想而已。除此之外，他并无恶习，更没有什么二奶小蜜之类，他从来都不屑于做偷鸡摸狗的事。至于他的资产阶级生活方式，从不穿聚酯衬衣，喝红酒抽雪茄，热爱美食，打高尔夫，等等，与他的职位相比，也算不上什么重大瑕疵吧。

而且他跟查宛丹的关系，一向是客客气气，相安无事，怎么可能一夜之间就不能在同一屋檐下了呢？

他显得有些焦躁地在客厅里来回踱步，真是大风大浪都吓不倒的人，才难抵儿女情长的痴缠。他心里烦，情不自禁地再一次拿起电话。

庄芷言只是在圣心瑜伽馆。

瑜伽老师是一个有几分观音相的女孩子，人淡如菊。每当她上课的时候，总是把场内雪亮的灯光调暗，再点上一炷檀香，香味似有若无。音乐是空谷独箫，伴有潺潺溪水和鸟的啼鸣，一个稚气的女声偶尔诵经，由近至远，甚是静心。老师的动作很到位，但从不讲解，常常是从头到尾不发一言。

芷言一身白衣，蓬松的头发被一绛色的丝带随意地束起，纯白的皮肤，精致的五官，那一份脱俗的洁净，犹如未经尘染的朝露，让人想到的不是私欲，倒是幽秘、清凉与寂静。她双手合十，手指水葱一般的细长、润泽。瑜伽是强调光脚的，她的两只脚不仅雪白，而且尺寸娇小，指甲修得圆圆的，闪动着贝壳一般的光芒。

三十六岁的女人，终于修炼出凋谢前才可能一现的熟美。

世博和芷言出生在一个知识分子家庭，父亲庄唯钊是国家级著名大医院的心脏外科专家，母亲本是小儿科大夫，后因身体不好便在家中休养，半路学得的工笔画，作品极为出众。庄唯钊这个人不苟言笑，平时沉默寡言，但他的工作性质决定了他的性格果敢，说一不二，且胆略超人。如果是他主刀，他的副手以及巡回护士、洗手护士都得打起十二分精神，因为庄唯钊在手术台上，常常是几秒钟内就得做出决定，如果你会意错了，递错了手术器械，他绝不是瞪你，而是把不需要的止血钳或手术刀丢在地上，钢制的手术器械和水泥地的碰撞是利器之间的较量，声音不大但非常刺耳，当你还没反应过来的时候，他已经再一次伸出了手，这个过程也许只有半秒，但若不能心领神会的助手便会感到压力极大，几乎没有勇气再与他一起工作。

然而，认识庄唯钊的人，又都十分敬重他。这不仅表现在他对工作的认真负责，尤其在细节上绝不马虎。同时他冷面热心，凡患者家属送来的红包，他总是嘱咐护士长，在患者手术之后再一一返还。而那些"妙手回春""华佗再世"的锦旗他也从不挂得满墙都是，而是低调处理。背地里，他对庄世博的母亲说，我又不是江湖郎中，搞这些名堂反而失了身份。

出生在这样的家庭，庄世博从小便显现出非凡的聪颖，他不像有些神童那样背诗、下棋，甚至学习中医为人看病。而是在学前班就已经对小学的所有课程掌握得七七八八，上小学后又两次跳级，不仅语文过目不忘，数学在九岁时便可以心算整数、小数和分数，后来发展到能够多位四则和乘开方运算题，脑瓜子赶上一台计算机了。

当然，庄唯钊也对他寄予厚望。

熟悉庄家的人都非常羡慕这个家庭，不仅夫君尊贵，慈母贤良，同时有儿有女，成龙成凤，就是定做也做不出这么优秀的模范成员来。

然而，问题在庄世博十五岁时浮出了水面。

世博十五岁时已经高二，学校开始分文理科班。毫无疑问，父母亲都希望世博学理科，换句话说，以他出众的才华，不学理科真是一种资源的浪费。但是很奇怪，世博说他越来越喜欢文科，他决定选择文科。

父子两人第一次冰火两重天地吵了起来，但谁也说服不了谁。世博的母亲夹在中间，一点办法也没有。

争吵无果，两个人开始冷战，谁都不理谁。家里的气氛像弹药库，似乎随时都可能爆炸。庄唯钊给学校打了电话，为儿子报了理科。于是，没有解决的矛盾开始升级，庄世博决定不去上学了。

庄唯钊说，不去上学可以，将来卖酱油当工人都可以，但只要还想上大学，就必须学理科。

庄世博气得一头向墙上撞去。世博的母亲抱着满头是血的儿子，无比哀怨地看着庄唯钊。但是庄唯钊不为所动，他一言不发地离开家上班去了。他的内心并非没有挣扎，可是他坚信小孩子是不可能有什么远见的，想当初，他也是被迫学医，现在不是成了首屈一指的专家吗？事实证明，他非常地适合这个岗位，并且做出了骄人的成绩。

庄唯钊甚至觉得,自己没有强迫世博学医,简直就是慈悲为怀,同时证明了自己的民主家风。但是一个男孩子,学文科有什么出息?根本就是莫名其妙。

庄唯钊也不是不心痛儿子,可是这是原则问题,他这个人在原则问题上是从来不让步的。他想,所有的成功,都在于坚持。

问题是庄唯钊忽视了,庄世博是他的儿子,如果他继承了他的优秀,也就极有可能会遗传他的秉性。何况世博还是一个神童,令所有孩子愁眉苦脸的功课,从来都没有难倒过他,而且他也一直都在做乖孩子。可是兴趣这个问题在孩子心目中总是第一位的,并且以他如日中天的自信心,挑战权威也是青春期男孩子常见的现象。

由于工作繁忙,庄唯钊不可能每天拉着儿子的手与他促膝长谈,当然这也不是他的风格。他是一个结果论者。

庄世博发现自己丝毫不能撼动父亲的绝对地位,并且退一万步说,他就是想从困境中走出来,也是没有台阶的。出路只有一条,那就是清晨吃完牛奶面包,背着书包乖乖地去理科班上课。这一点他不仅不能接受,同时也激怒了他,以至于他从不去上学发展到不再吃饭。

绝食是一件很大的事。第三天,庄唯钊下班回来,他的夫人接过他的手提包,冲他微微地摇了摇头。庄唯钊只是淡淡地说道,还是不饿。就不再提这事了。

终于有一天深夜，世博的母亲不放心儿子，当她端着一碗白粥来到儿子的房间准备再一次说服他的时候，发现世博把父亲一瓶子的降压药全部吞到了肚子里，已经不省人事了。

在医院的急诊室里，庄世博的血压是零，心电图显示几乎就是一条直线。

庄唯钊彻底崩溃了，从不落泪的他抱着儿子失声痛哭，他对世博的母亲说，等孩子醒过来告诉他，想学什么就学什么吧。

庄世博还真是命大，被半个小时注射一次的升压药拉回阳间。母亲哭诉道，你这孩子怎么这么拧？！他是你爸爸啊，如果不是为了你一辈子有出息，他怎么会逼你呢？世博平淡道，我也不知道怎么回事，只觉得心里满满的都是恨，不死就过不去了。

后来世博还是上了文科班。

一切又恢复了平静，家庭矛盾似乎冰雪消融。

一天，由于天气干燥、炎热，庄唯钊的病人太多，工作劳累有些上火，回家后流了许多鼻血，便躺在书房里休息。这时，庄世博突然闯进书房，对父亲说，爸，我知道是因为我才把你气成这样的，我要比你流更多的血，你心里才不会那么不好受。说完拿出一把水果刀，不由分说地向腕部割去，顿时鲜血淋漓。庄唯钊急忙从躺椅上跳起来为儿子止血。而世博的这一举动，让曾经是儿科专家的母亲敏感地感觉到，儿子出现了心理障碍。

庄唯钊两口子带着儿子拜访了在精神科工作的老同学，他诊断世博是因焦虑而引起的躁狂症，属于偏执型人格障碍。

世博再一次休学治病。经过大半年的调理，他的焦虑症状总算明显减轻了，情绪也恢复了正常。又做了一段时间的治疗，他总算康复出院了。在这期间，世博的母亲几乎日夜陪伴着儿子，而父亲也对他改变了态度，表现出难得的关爱与耐心。第二年的高考，庄世博以优异的成绩考上了一所名牌大学的考古系。

这个结局有点像经过千辛万苦终于换来大团圆的三十年代的黑白电影。

然而，事情并不那么简单，人生也更加不像我们想象的那么简单。并且，同样的经历在不同的人心中所留下的印迹也是完全不同的。

有人说，女儿是父亲的小情人。这话一点没错，自出生起，庄唯钊就对芷言疼爱有加。谁都不会相信，以庄唯钊的性格会在芷言小时候俯下身去让她当马骑，就连他的夫人对此也是瞠目结舌。芷言从小生活得自由自在，五岁开始接受正规的芭蕾舞形体训练，对古典音乐也接触得很早，她的艺术感觉超敏锐，同样是才气逼人。个人意愿是做一名如香奈儿那样的时装设计师。

但是，父亲和哥哥的失和，令芷言的内心非常的撕扯。她爱这两个人，但又不知该帮助谁打倒谁。这在她幼小的心灵里布下了阴影。

尤其是在哥哥如愿以偿之后，芷言开始同情父亲，她觉得父亲明显的老了，那是一种内心的苍老。她嘴上不说，有时却会在深夜里躲在被窝里痛哭。在她报考大学的时候，她毫不犹豫地选择了政治系。父亲得知后曾经苦笑道，你一个女孩子，学什么政治啊？芷言很严肃地对父亲说，爸，你放心，我会替你看住哥哥的。

庄唯钊当时愣了一下，但他什么也没说，只是慈爱地摸了摸女儿的头。

从那一刻开始，芷言觉得自己才是与父亲心心相印的人。

或者说，这句话竟然一语成谶。

做完瑜伽之后，芷言的脸上出现了些许的红润。这时见到她的人，无不惊叹她的美丽。芷言的美，在于她并不自知，尽管她是一个心高气傲的人。但她的心思，又岂在容颜、粉黛之间呢？

这个女人，是完全与众不同的。

当芷言打开衣柜换衣服时，她发现手机上有三个未接电话，都是哥哥打来的。

二

"今天是星期二，我到瑜伽馆去了。"

芷言回到哥哥的住处，就急忙解释说。但是庄世博一直黑着脸。只有芷言知道，世博是非常情绪化的人，尤其是在她的面前。

她坐下来，不做声，等待着。

好一会儿，世博才说："宛丹离家出走了。"

"为什么呀？"她自觉有点明知故问，这种感觉很是奇怪。

世博不快道："我怎么知道？！"

"你没问她吗？"

"问了，她不说。"

芷言不再说话，眼帘低垂。

世博又道："我真是想不明白，她到底想要什么？"

芷言笑道："她就是什么都不要，所以才难办啊。"

"你怎么还笑？"

"你现在是不是又希望她是一个虚荣的女人？给她买一颗钻石，立刻什么事都摆平了。"

世博没好气道："我没这么想。"

芷言仍笑道："可见什么执着啊，不贪慕虚荣啊，也不见得都是女人的优点。"

"你到底想说什么？"

"什么都别说了，"芷言站起身来，"你吃晚饭了吗？"

"等于没吃。"

于是芷言去了厨房，她给世博热了一杯白天叫钟点工生磨的杏仁奶，又拿了两块鲍鱼酥。离开厨房的时候她犹豫了一下，还是把一袋白色的粉末倒进了杏仁奶里，这是从国外带来的，非常温和的有催眠作用的镇定药物。

"你不用担心,"她对世博说道,"我会抽时间去找她谈一谈的。"

庄世博点了点头,他喝完杏仁奶,又吃了半块鲍鱼酥,然后就回房间休息去了。

芷言回到她自己的房间,她的房间收拾得一尘不染,却也没有粉色的睡袍和蕾丝内衣,甚至有些中性,除了电脑之外,便是整齐的书柜,并且案头和床头也都是书。房间的墙上,挂着父亲为她题的字:不动心。父亲曾经对她说过,人若动了真心,便只剩下自苦了。一个女孩子,矜持和自保一点,总是好的。

睡前,芷言有读书的习惯。

然而这个晚上,她却读不下去了,包括她喜欢的禅书。因为有一个问题始终缠绕着她,才下眉头,又上心头。那就是她该怎么跟查宛丹谈?谈什么?那也是一个冰雪聪明、纤尘不染的人。

本来,由于母亲长年身体不好,谁都以为她会走在父亲前面。

非常不幸的是,悲剧发生得太突然了,突然到让人根本无法接受。那就是庄唯钊突然猝死在书房里。最不巧的是,家里一个人都没有。

偏偏那一天,钟点工为了一些琐事请假没来,母亲便去菜市场买菜。那天父亲一共做了三台半手术,所谓半台手术,是指他在做完病人的心脏搭桥部分之后便下了手术台，剩下不甚重要的步骤就由他的若干助手去完成了。

庄唯钊提前下手术台并不是因为身体不舒服，而是第二天有一个重要的学术会议，而他要在会上做中心发言，所以他是下午四点钟回到家里的，回来后便在书房里准备发言的材料以及临床病例。当母亲回到家发现他的时候，他整个人伏在写字台前，脸上并没有任何痛苦的表情，甚至面色也还是红润的，钢笔掉在地上，但指甲盖仍然是鲜活的粉色。他神情如常，只是停止了呼吸。

庄家办完了丧事，当巨大的伤痛过去之后，世博感到了前所未有的愧疚和自责，尽管母亲一直说父亲是劳累所致。但是世博知道，父亲的身体一直不错，只是患有一般的高血压症，他自己服药也控制得很好，怎么可能突然离世呢？世博深信是自己害了父亲，如果父亲的内心中没有解不开的失望和无奈，他的死就解释不通了。

那时世博已经上完了大三，他对母亲说要转学转系，一定要学有所成以告慰九泉之下的父亲。因为他冥冥之中觉得，父亲是对的。母亲说，你真的想清楚了吗？世博说，对，否则我安不下心来。母亲说，可你放弃的是你的兴趣。世博忍不住放声大哭，他说，我要知道事情会变成今天这个样子，当初就一定会听父亲的话，绝不会跟他作对。母亲当时非常害怕世博重蹈覆辙，于是想尽一切办法，托人圆通，把世博转到了对外经贸大学的英语系，世博就是这样告别了考古专业，走上了一条被人评估为前途无量的银行家之路。

幸亏世博有一位伟大的,并且与众不同的母亲,否则他早就夭折了。也只有世博的母亲知道,家有神童将付出怎样的代价。

但是,芷言却没有转系。她觉得自己应该对父亲信守诺言。

并且她那时候已经懂得,在中国,如若没有清醒的政治头脑,无论多么聪明和有才华,都不可能立于不败之地。

她依旧苦读对她来说十分枯燥的政治学系的功课,同时读了大量的哲学书和人物传记。没有人知道父亲的死对她造成了多大的伤害和影响,其实从那时起,她就变得有些自闭,平时沉默寡言,喜欢来无影去无踪地独往独来,她没有朋友,也不喜欢与人交流,更没有什么可以信赖的对象。

渐渐地,她开始习惯了孤独、寂寞,不见得有多么可怕,至少可以静心。

这件事情的了结,算是告一段落。只是庄家对此讳莫如深,从来不跟任何人提起。

冬去春来,时间冲淡了曾经激烈发生过的一切,再现的平静总是让人怀疑有些事情真的发生过吗?真的影响过我们吗?

水下面是水还是冰?

庄家早已恢复了风平浪静,世博和芷言也终于学有所成。世博不仅分配到合适的工作，而且顺利地结婚生子，芷言大学毕业时，同学们都以为从容、淡定的她早就找好了门路。但其实她根本没有外出拉关系，托门子，她只是觉得她这一生要走的路早已注定。

果然，不久系主任就来通知她，系里已经决定让她留校，就在政治教研室工作。

与此同时，母亲的病也拖到了最后的时刻，母亲临终前平静地对她和世博说，我走了以后，你们不要太伤心，不要如丧家之犬，惶惶不可终日。我其实只是去了你们父亲那里，今后你们也是要来的，我们生死都是一家人，永远不会分开。

母亲说，今后无论碰到什么困难，你们都应该坦然面对，因为你们已经长大成人，并且受过系统的精英教育。更重要的是，你们可以彼此支撑，背靠背地面对困境，身后总是最安全的，我又有什么不放心呢？

芷言至今记得，母亲走前一直看着她，却什么也没说。

直到深夜，芷言才在母亲殷切的目光中安然睡去。

第二天下午，芷言给宛丹打了一个电话，约她在水沐莲香茶艺馆见面。宛丹有些犹豫，芷言坚持说不见不散，随即挂断了电话。

按照约定的时间，芷言提前十分钟来到了茶艺馆，她知道宛丹是一个守时的人，所以决定提前去等她。从内心讲，芷言是挺喜欢宛丹这个人的，她觉得宛丹虽说刚性有余妩媚不足，但也着实没有一般女孩子身上的那些缺点，而且生活在哥哥的身边，是一个加分的角色。如果她们没有这一层关系，或许还真能成为那种贴心贴肺的闺中密友。

果然，宛丹准时地来到了茶艺馆。

她们只是点了点头，算是打过了招呼。不过一时间都不知道说什么好，就都看着茶艺馆的小姐手指翻飞地泡茶，芷言点的是高原玫瑰，很快，一股淡淡的玫瑰茶香在空气中浮动，似乎缓解了有些尴尬的气氛。

小姐走后，两个人开始品茶，但是心意都不在茶上。芷言好言劝道："嫂子，你还是搬回家去住吧。"

宛丹不吭气，只是默默地喝茶。

芷言叹道："你又何必这么执着呢？"

宛丹看了芷言一眼，心想，真正执着的是芷言你啊。难道你就没有自己的生活吗？你就一定要夹在别人的家庭中间吗？哪怕这个人是你的亲哥哥。

宛丹不记得芷言是什么时候搬到她和世博家里来的，本来这也正常，而且家里也有房间，她完全没把这件事放在心上。但是随着时间的推移，她越来越觉得他们兄妹的关系很是奇怪。

照理说，兄妹感情好的人有的是，然而这两个人的精神世界是独立王国，别人是根本没法插进去的，并且这个真正的别人还就是她查宛丹。有时，明明看见世博回到家时满脸乌云，眉头紧锁，任你问他什么他都是说没事。但只要他单独去了芷言的房间，出来的时候就烟消云散，仿佛换了一个人一样。

有时候，她看见他们两个人热火朝天地说着什么，但只要她一走过去，哪怕只是拿个东西，他们就好像兴致减半那样不再说什么了。

最过分的是有一天深夜，宛丹醒来发现枕边无人，于是她起身去了书房，书房里虽然开着灯，但是世博并不在那里；厨房也亮着灯，但仍没有世博。结果她在芷言房间虚掩的门缝里，发现世博盖着毯子睡在沙发上，头枕着芷言的腿，而芷言全神贯注地在看一本书。她真搞不清这两个人到底是怎么回事，但这让她心里很不舒服。

他们跟宛丹的交流就只是家常话。

虽说在生活上面，世博和宛丹两口子并没有什么矛盾，也许就是因为不缺钱，世博对钱看得不重，他的工资卡就放在抽屉里，宛丹需要买什么是不用问他的。其他方面也还算和谐，无论是谁的生日或结婚纪念日什么的，也都不会忘记，每每拿来庆祝一番。对于庄淘，两口子也是经常在一起制定如何培养他的规划。凡此种种，生活中你简直找不出任何破绽，但是，别的夫妻都是越来越熟悉，而宛丹对于庄世博却越来越感到陌生了。

随着庄世博地位的不断提高，他也需要宛丹在某些场合出现。应该说，宛丹穿上世博为她挑选的时装，不仅优雅，而且内敛，首先是不会让宛丹自己先感觉到不舒服、不自在，这样人与衣服便成了天作之合，看上去十分养眼。宛丹也说不出这些牌子的名称，但是知道它们为什么贵，为什么好，因为布料和做工都是一流的。

所以这两个人一出现，就成为人们羡慕的对象。世博也很认可这种感觉，在这个性关系高度混乱的年代，超凡脱俗与自然和谐才是最重要的。

可是宛丹依旧觉得自己像提线木偶。她没有那么幸福，为什么要做出幸福的样子呢？

对于没有精神交流的生活，宛丹觉得是可耻的。那她算什么呢？偏偏她就不是一个满身名牌、安享一个名分就万事不问的女人。她自知是瓦屋纸窗下，盛着清泉绿茶的素雅陶碗，静下心来，也是可以诉说心事的；可是庄世博需要的是一只华丽的花瓶，因为他所有的精神世界只向她妹妹一个人开放，那么这种生活对宛丹来说就太不合适了。

所以，外人眼中的美好，宛丹却觉得千疮百孔。她非常厌倦这种虚伪的生活，她觉得那两个人完全看低了她，以为她是运动员出身就一定头脑简单没智商，或者缺乏理解力。总之，这不是她想要的生活。

芷言当然知道宛丹在想什么，她清楚地记得她是在办完母亲丧事的两周之后，搬到世博身边的。当时的宛丹正在国外参加比赛，谈不上照顾世博。而跟母亲无话不说的世博，在他亲手把母亲送进火化炉之后，便再也无法控制自己,他以为痛苦会渐渐过去,但没想到却是成倍地聚积和提升,在严重失眠之后,他发起了高烧,并且伴有幻听。他对芷言说,有一个低沉的声音始终在他的耳边说:去吧,你快去吧,不然你母亲她会失望的,你不能再让她失望了。

父亲走后,母亲的确是世博的精神支柱,世博觉得在这个世界上只有母亲是最了解他的,那种知道和懂得完全不需要沟通。他绕了那么大一圈,重新找到自己的人生方位,不能说父亲的死与他完全无关,母亲却都是接受他的,没有埋怨他一句,甚至没有过一个无可奈何的表情。

他真的不愿意孤零零地留在这个世界上。

这时的芷言,再不敢有半步离开世博,于是她搬进了这套房子,成为这个两口之家的风雪夜归人。

在世博不眠的日日夜夜,她始终陪伴着他。

在这期间,芷言在本系统打听到某师范大学的心理学相当权威,其中有一个教临床心理学的教授叫潘思介,就是其中掷地有声的人物,更难得的是他每周二还在医院看门诊。那时候,看心理疾病的人还很少,所以芷言顺利地见到了潘教授。

潘教授中等身材,看上去平实、冷静,但是一双眼睛敏锐而深邃,令人无法怀疑他的洞察力。

他拿出了一张抑郁和焦虑自评量表让芷言填。

芷言迟疑了片刻,还是决定说实话。她说:对不起,潘教授,我担心的是我哥哥。潘教授说,那就叫你哥哥来。芷言为难道,他这个人从小就有英雄主义情怀,而病人是弱者中的弱者,他一定会十分抗拒的。潘教授说,病人并不是弱者,不敢面对自己疾病的人才是真正的弱者。芷言道,是的,但是说服一个人也没有那么容易。

总之,潘教授坚持"医不上门",他说,心理疾病一定要病人有了意识,并且承认自己出现了问题,治疗才是有效的。如果隔江买牛,岂不是贻笑大方的事。

在多次交涉无果的情况下,芷言决定报考潘思介的在职研究生。她听说潘教授对英语要求苛刻,就去一个高级培训班恶补了八个月的英文,其间还有庄世博为她开的小灶,但是庄世博并不知道她为什么要报考研究生,他甚至泼凉水道,文凭这东西,有就行了,为何要多多益善?反倒显得俗气。

一年之后,潘教授见到芷言时,依然记得她。道:你不是为你哥哥而考研的吧?芷言莞尔。潘教授开玩笑道:那你倒是要预防心理疾患呢。芷言道,学习也是预防的方法之一吧?两个人随即都笑了起来。

后来考研的学生中流传着这样一句话,报潘思介的研究生,第一要英文好,能直接读弗洛伊德和荣格;第二,一定要是美女。

在陪伴世博的日子里,芷言私自做主,把世博和宛丹的家重新装修一新,整个风格是新古典主义,细节考究而浪漫。钟点工每天都会从市场买来鲜花，芷言还要在空气中喷上森林迷雾，让人完全沉浸在植物与土地的芳香之中。由于世博的失魂落魄，他虽说去了办公室但事倍功半，拿回家的公务都是芷言帮他处理的。甚至他的发言稿，都是芷言帮他起草的，不仅反应很好，还被抄送到上一级领导部门。

母亲过世之后，不管世博愿不愿意承认，他已经不能离开芷言了。

或许也因为芷言为他无私地倾注了太多的心血，世博的仕途也开始有了起色，有起色当然是好事，但是上下左右的关系渐渐变得复杂起来，而芷言便成为其间最好的润滑剂，倒不一定是抛头露面，豪请豪赠，而是一种润物细无声的体贴。譬如世博的一位主管领导来检查工作，世博听了芷言的建议，没有请他吃鲍鱼，而是吃简单健康的工作餐，但是托他转赠给他的夫人一瓶价格昂贵但的确有效的瑞士眼霜，解决了他夫人多年的顽固的鱼尾纹问题，以至于他夫人一提到世博两口子就夸个不停。对于银行里的骨干，芷言心里也有一笔细账，有一次她提醒世博在一个骨干的孩子满月聚餐上不请自到，还提了一些小礼品，这是最让下属感激涕零的事了。

凡此种种，芷言都在无形间起着作用。不知不觉，世博给人的印象就不仅仅是聪明能干，能力超强，而且长袖善舞，能得到上上下下的好评。

茶水已经没有颜色，泛白的玫瑰花瓣在水中了无生机。可是在这里见面的两个女人,大部分的时间都在沉默,或者说是在无言中交战。

宛丹终于叹道:"芷言,你聪明,美丽,真应该有自己的生活啊。"

芷言道:"我生活得很好。"

宛丹道:"可是我不好,就因为你插在我和世博之间。"

"可我也是你的亲人啊,你容不下我,不是很可笑吗?"

"你心里很清楚我为什么容不下你,芷言,不要做'小泉信子'式的人物,那样只会成为牺牲品。"

芷言无语。

宛丹又道:"而且也没有任何事情值得你做出这样的牺牲。"

芷言浅浅一笑,道:"我不知道你在说什么,但我知道,本来我们两个人是可以惺惺相惜的。"

又沉默一会儿,芷言道:"真的不能回去了吗?"

宛丹语气和缓道:"只有一种可能,那就是你离开。"

芷言不再说什么,她起身告辞,留下了一份精美的礼物,她说是世博让她转交给宛丹的。芷言走后,宛丹打开了那个橙色的锦盒,里面有一条重磅真丝的方巾,捧在手上极有分量,展开又见质地华美,飘逸如诗。

宛丹并不熟悉这个以丝巾出名的法国知名品牌,如今加入一些亚洲元素打中国市场。但是丝巾的图案让她的内心为之一震,那是看上去非常普通的刀与菊的图案,旁边写有珍重二字,它的暗示与关照,让宛丹感到了伤感和不舍。

她突然泪如泉涌,心里开始怀疑是不是自己果然出了问题?否则为什么明明还爱着世博却死活要离开他呢?

她当然知道,这条丝巾跟世博没有关系,它根本就是庄芷言送给她的忠告。

三

电视台里的日月春秋,一向是有人欢喜有人愁。

欢喜的人就不说了,愁的人是真愁。譬如目前在专题部办公室里开会的《饮食天地》栏目,由于收视率排到了全台最尾,而电视台又是末位淘汰制,台里说为了仁义,再给三次补救的机会,算是红灯期,如果该栏目还在末位呆着,也就是死定了,那就没话说,消失,让给新栏目接着参加混战。

没有人说话,栏目组的男人都在抽烟,女编导也要了一根烟来抽,仿佛是在办公室里搞抽烟比赛。

也真的是无话可说,要说对这个栏目,大伙可以说是像对待自己的眼珠子一样对待它,自开播以来,介绍过私房菜、官府菜,请丸九的大厨来教过日本料理,顶级西餐店的老板现场表演法国大餐的厨艺,天香楼的杭菜,红厨的台湾风味,栏目组的人可谓使出了浑身解数,甚至听闻全球仅有的四十位米其林三星厨师之一的意大利主厨斯切利雅路过本地,也被请上节目,向观众展现世界厨王和顶级盛宴的风采，要知道斯切利雅先生曾任世界船王奥西斯的行政总厨及李嘉诚家族的总厨。但所有这一切，都没有挡住下滑的收视率，就像不可能阻挡的泥石流一样。《饮食天地》终于跌破冰点，将被残酷的市场经济扫地出门。

又抽了好一会儿烟，有人打破沉默说，这收视率可太不可靠了。

以往只要是此言一出，便招来一片牢骚声，也算是让大家泄泄无名火，但是这一回，还是没有人说话。

女编导掐灭烟头，很爷们儿地说了一句，别提那些没用的，还是在我们自己身上找找原因吧。不过她说完这话，忍不住扫了两眼本栏目主持人叶丛碧，当然大伙也跟着她多扫了叶丛碧两眼，毕竟幕后工作人员一大堆，可出镜的就她一个人啊。

一直支着下巴发呆的叶丛碧似乎意识到了这一点，她环视一圈后，翻了个白眼道："你们干吗都看着我呀？"

女编导道："也不是冲你，可我就纳了闷了，丛碧，跟你一块进台里的美女主持人，比你漂亮的，不如你的，怎么都火了，单单把你给剩下了？"

不提这一壶还好，提了那算是踩了丛碧的尾巴，丛碧一直觉得自己的漂亮中有一种端庄，天生是当女主播，报整点新闻的，现在成了边角料，塞在饮食栏目差不多就快给拖死了，心里本来就不痛快，还这样无端端地招人埋怨，立刻沉下一张脸道："你什么意思啊？！"

女编导道:"我也没什么意思。"

叶丛碧道:"那你就别说这些不咸不淡的话,我容易吗我?就差没穿着三点式炒菜了。"

眼瞅着两个人就快戗起来了,有人出来解围道:"丛碧,你不是本命年吧?"

丛碧恨道:"你是不是还想问我穿没穿红短裤?"

那人惊道:"你真是本命年啊,怪不得我们跟着你一块犯太岁呢。"

丛碧拍案而起道:"我今年二十六了,我本得着吗?!你才是本命年呢,你们全家都是本命年。"

众人算是笑起来,化解了暂时的不愉快。这时有人提议说,《都市写真》栏目有一个幕后,花点子特别多,无论什么栏目只要经他一策划,就跟股市里的金手指一样,马上止跌回升,他去都市写真组之前,写真组的收视率在倒数第二,差不多也是癌症晚期了,可是现在,玩了一个漂亮的龟兔赛跑。

女编导说,这个幕后叫什么名字呢?好几个人一块说叫净墨。女编导说,怎么是一个和尚的名字呢?众人不知,也有人说,要不人家是高人呢。女编导又说,这人好合作吗?咱栏目没广告,也就没什么钱,人家肯来帮忙吗?

有一个知情人忙说,净墨这个人很好合作,只要请他吃一次酸菜鱼,再叫一瓶广东的九江双蒸。他喝好了,话就多了,咱们也就把他给策划了。

丛碧初次见到净墨时，忍不住笑起来，净墨说你笑什么？丛碧不说话，净墨道，是不是笑我拿根梭镖，身上插满野鸡毛就成印第安人了？丛碧笑得弯下腰去，还不忘一个劲儿地点头。净墨的确是长得黑黑壮壮的，五官生得老实，却又梳一个马尾，所以不像艺术家倒像一个土著。净墨一本正经道，丛碧你记住，我是色魔，专吃窝边草，知道为什么吗？丛碧笑道，为什么？净墨道，因为我不是兔子啊。逗得丛碧前仰后合乐开了怀。

不过拿到改版后的栏目文案，丛碧就笑不起来了。

丛碧找到净墨，兴师问罪道："我到底还是不是美女？"

净墨道："百分之百。"

丛碧嚷嚷道："你还说是为我度身定做的文案，什么我是葱花，你是肉末，我们一块给观众主持的是饮食新栏目《边吃边笑》，这是什么玩意儿啊，还不如直接把我硫酸毁容算了，我这么混，几时能混成女主播?!"

净墨一点不气道："你听我慢慢跟你说嘛，先说咱们俩的配对是如今最时髦的美女配野兽，再说这个时代的大趋势是没有权威，只有娱乐，如果乐不起来，怎么可能有市场和观众？而且事实证明你们的《饮食天地》介绍过天九翅、佛跳墙，就差没介绍满汉全席了，可惜离老百姓太远，够不着，当然没有收视率了。咱们就介绍一些家常菜，再说一些有关联的笑话，岂不是人气急升?!"

丛碧呸道："还说你是才华盖世，在我看来不过是猪脑子，我问你，醋熘辣子白，西红柿炒鸡蛋，这种东西还用我们教观众吗？傻子才看。"

净墨正待循循善诱，丛碧突然噗的一声哭了出来，转身跑掉了。

丛碧的感伤不是没有原因的，丛碧生长在一个单亲家庭，在她三岁的时候父母离异，从此她就没有见过父亲。好在母亲的性格单纯开朗而且没有心计，所以丛碧也不觉得自己的童年有什么阴影。丛碧的母亲叶妈妈在群众艺术馆工作，她总是强调自己曾经是当红歌星，节目被春节联欢晚会刷下来过，又说差点演某艺术片的女主角，但其实她是当年给当红歌星暖场子的无名歌手。叶妈妈的虚荣心一直保持到今天，根本不承认自己已经脱离了娱乐圈，韩星车仁表来中国拍戏时，叶妈妈把头发吹得老高去接机，在年轻的粉丝中间摇着小旗子，她也不觉得有什么不妥。

可是叶妈妈也有务实的一面，比如她烫头发，包上冷烫精她就坚持要烫得久一点，美发师说烫了跟没烫一样才是境界。叶妈妈就觉得这是什么境界？不就是骗钱嘛。所以她的头发由于烫得狠，就自动发黄也不用染了。

还有一次，叶妈妈跟好友们去吃片皮鸭，一吃三十八元，两吃六十八元，后来才知道一吃就是一盘皮，叶妈妈说这就是片鸭皮，哪里是片皮鸭。事情闹到消委会，还是有主持公道的地方，人家叫饭馆赔叶妈妈一只没皮的鸭子,因为皮已经被她跟老姐妹吃过一次了。叶妈妈很得意,等着丛碧回家来炒鸭丝大豆芽,因为丛碧炒菜的水平比妈妈高,随便什么菜,只要她纤手一动就是好吃。

叶妈妈是个大嘴巴,尤其占了便宜喜欢到处去讲。讲就讲,丛碧多次嘱咐母亲不要说鸭丝炒大豆芽很香很香这件事,她是美女,美女怎么会做饭呢?都是喝矿泉水,不吃也不饿的花仙子。

当年参加选美,丛碧还真犹豫了好长时间,毕竟穿着三点式走场子也还是考验人。可是高中毕业以后,丛碧没有考上大学,除了炒菜无师自通外,学习方面她就笨笨的,只好去电信公司做了接线生。这样嫁人生子丛碧又有点不甘心。叶妈妈倒是很支持女儿选美,她说万一你选上了,那就是新旧社会两重天,我也可以跟着你享福了。

老实说,最终丛碧去选美,并不是因为妈妈的支持,反而是对妈妈的失望,她看出来如果还想过上好日子,靠妈妈肯定是不行了,只有靠自己把妈妈救出苦海。她们至今还住在白天跟晚上一样黑的简易楼,吃的用的也都得计划经济,额外吃一次馆子就要吃两天清水煮面条。如果妈妈能干一点,有点城府,以她的姿色,就算是嫁人也不至于过这么不体面的日子吧。

叶妈妈说,我不结婚还不是为了你。丛碧拆穿她道,找不到就找不到,什么为了我?你自己信吗?叶妈妈就抱歉地笑笑,说,那倒也是。

后来丛碧得了选美第三名,又留在了电视台工作,本来以为马上就前程似锦了,结果现在这个样子,不生不熟地熬,所谓的好日子就那么不远不近地向她招手,可是又看得见,够不着,你说她能不伤心吗?

丛碧在洗手间里哭了好一会儿,出来以后她就变得坚强了,那就是刀架在脖子上也不能自毁形象。

女编导带领饮食栏目组的人轮番给叶丛碧做工作,希望她以大局为重,牺牲形象打救整个团队,丛碧高低不肯,坚持要改新的策划文案。女编导只好去找净墨商量,净墨说我去找她谈谈,果然,不知他们俩怎么谈的,叶丛碧就答应出镜了。女编导问净墨,你是怎么跟她说的?净墨道,我说三期《边吃边笑》做完,反正栏目也死了,我保荐你当《都市写真》的女主持,那还不是一夜成名。女编导说,她是收视毒药,《都市写真》难道还真的会要她不成?净墨道,那时你们都已经红了,还不知有多少美女主持人来投奔你呢,她又怎舍得离开呢?女编导撇了撇嘴,算是不以为然。

就这样,丛碧抱着上断头台的心情上了新饮食栏目,当她在化妆镜里看见自己的冻伤妆,鼻翼旁边不仅有两抹红,还有几颗芝麻大小的雀斑,穿着莫名其妙的绿衣服,远看近看都像一棵菜,心里早把净墨恨死了,只因还有《都市写真》的事吊着一口气,否则真懒得跟他再说一句话。

新改版的饮食栏目第一期推出的是秘制猪肚包鸡,就是将整只鸡塞进原只猪肚里,加入胡椒等配料煲制,这时葱花和肉末齐齐作神秘状,报告观众一个绝密配料,那就是一种叫辣桑根的中药,中药铺里有的卖,它不仅能够暖胃、驱寒、祛风、护肝补肾,还可以带出猪肚和鸡的香味。终于两个人把这道菜炮制出来,色香味俱全很是诱人,取材又十分普通。接着,肉末又说了一些酒桌上的笑话,整个节目的风格是轻松搞笑的。

后来他们又推出了糍粑辣子鸡和赛螃蟹,都是家常菜但却有秘诀,当然也有笑话作配料,两个人的配合也更加默契。

不过也真是奇怪,《边吃边笑》播完三期之后,收视率就开始缓慢地回升。

渐渐地,就有饭馆主动打电话跟栏目联系,希望介绍自己的菜式;接着又有鸡精、不粘锅、抽油烟机等厂家要求做贴片广告;后来新川川大酒楼还请叶丛碧做了他们鱼香肉丝的形象代言人。

对此丛碧心里是一百个不愿意,她曾经梦想过的代言广告,都是些奢侈品,像名表、名车、高级时装什么的,然后自己做出内心坍塌的超酷表情,因为越是高级的品牌,代言者的表情就越冷漠越堕落,这是常识,也是她梦寐以求的愿望。可是她现在一脸幸福地被制成特大灯箱,挂在酒楼最显眼的地方,广告主打语是:劲辣劲香就是我。不用看就知道是小市民最爱的街坊菜。搞得街上有人见了丛碧就直接叫她鱼香肉丝，还有人请丛碧签名，丛碧不知该签自己的名字还是菜名，或者直接签上葱花。

总之她虽然火了，但还是觉得自己被活活毁了。

所以不管她在录制节目的时候笑容有多灿烂，只要灯光一熄，女编导说一句收工，丛碧就不会再给净墨一个好脸。

四

有一天，叶丛碧在超市买东西，被一大堆阿妈阿婶团团围住，争相跟她合影留念，超市服务员也隔在外围看热闹。结果不仅挤塌了罐装啤酒塔，连泰国稻香米上也站着人，场面一度十分混乱，保安举着棍子冲过来维持秩序，几方面的人争执起来。正好也来买东西的净墨急忙挤上前去，拉着丛碧突出重围。

跑出超市以后，又穿到一个巷子里，才算是安全地带。丛碧见净墨还牵着自己的手，迫不及待地急忙甩开，然后扭头就走。

净墨冲她叫道："你还没谢我呢。"

丛碧头都不回，照走。

净墨气不过，忍不住跑过去拉住她的一只胳膊道："你怎么回事啊你，我救了你们栏目也救了你，凭什么鼻子不是鼻子脸不是脸的？我告诉你我忍你好久了！"

丛碧再一次甩掉净墨的手，冷笑道："你救了我？我真被你害死了。不如让这个饮食栏目死梗了,我倒熬出头了。"

净墨道:"那也是现在。以前你是扫帚星,哪个栏目会要你?!"

丛碧气道:"你的嘴巴是粪坑吗?就算是粪坑早上起来也该刷刷。谁是扫帚星?!我就是碰到你了,算我倒霉。"

净墨道:"那你想怎样?告诉你,不是我因陋就简地成全你,你哪会有今天?!你以为你能成吴小莉啊?你以为伯爵满天星会找你代言啊?下辈子吧。"说完这话,净墨气呼呼地走了。

丛碧的脸色煞白,她脑子一热,拿起手上的提包追过去拍在净墨背上,又把他大力一推,净墨没有提防,一头扑倒在巷子边的垃圾车上。丛碧先是一愣,接着十分解恨地哈哈大笑,又笑得弯下腰去。

新川川大酒楼的老板叫胡川,个子矮矮的但很结实,剃一个板寸,喜欢昂着头走路,一脸吃不完用不完的样子。胡川不仅有老婆,还有两个孩子,其中一个儿子是花钱买的超生指标,胡川的熟人都管他叫花川,因为他到处追女孩子,而且还是大张旗鼓地追,据说是他的老婆怕他,只要是不离婚,给家用,他爱干什么随他去。所以在胡川的心目中,钱是能摆平一切的。

《边吃边笑》栏目火了以后,胡川也看了两眼,但见叶丛碧只是一个笑星,根本没把她放在心上。后来丛碧和净墨到新川川酒楼的厨房去做新川菜的功课，向大厨请教绝技，那天丛碧穿一件白T恤，配牛仔裤，几乎没有妆容，但看上去皮肤白细水嫩，个子高挑，腰细但胸脯丰满呼之欲出。被胡川无意间撞到，当即惊为天人，立刻对她展开了追求攻势。

一开始还是说公事，拍广告什么的，后来，胡川就约丛碧出来吃饭，不仅派他的凌志去接，车上还放了一大把蓝色妖姬，香气扑鼻。然而叶丛碧并不给他面子，推说嗓子不好，从来不吃川菜。

胡川有些闷火，心想你一个小丫头片子见过多少钱？不信你不见钱眼开，于是亲自跑到卡地亚的专卖店，不仅买了一个经典手提包，还买了一款红星和名模刚刚兴戴的腕表，个头挺大。他说，这是最时兴的吗？专卖店的小姐矜持地点点头。他又说，真的好看吗？专卖店的小姐说，坤表早就过时了，这款表不仅有品牌的魅力，也更能衬托出美女纤细的手臂，是最时尚的了。

这些东西还是被叶丛碧退了回来。

胡川这下子可真较上劲了，他辗转请出叶妈妈在一家上品位的潮菜馆吃了燕鲍翅，并许愿说只要丛碧答应跟他交个朋友，就是普通朋友，他也在市中心给她买一套三房两厅，面积不低于一百二十平米。不光房主写叶丛碧的名字，而且付款方式一次过，不搞按揭什么的以示他的诚意。

后来叶妈妈叹着气劝女儿道，难得人家这么看得起咱们。丛碧道，谁要他看得起?！叶妈妈道：你也真是气盛，现在这个时代，谁见了有钱人不先巴住？再说我也想住好房子了。丛碧道，你相信交个普通朋友就能住上好房子这种事吗？

叶妈妈自知理亏，也就不再说话了。丛碧心想，你一个全身上下都是酱油味的小老板，别说有家有口，日子过得好好的，就是离了婚，孩子赶得远远的，再买一个大别墅，我也不会嫁你。我还跟吃分不开了呢。一天到晚吃吃吃的，别说享不享福的事，先就烦死了。她想她这辈子，肯定要嫁有钱人，但绝不跟吃沾边儿。

不过这件事，倒是让净墨对叶丛碧刮目相看，因为净墨觉得当今的女孩子都是拜金的，这也不怪她们，的确没有钱是寸步难行，也让人看不起。台里的女主持有一个算一个，哪个不想一跃豪门？在找不到门之前，吃吃饭，收收礼，没有一个跟钱过不去的。所以丛碧的举动令净墨甚感奇怪，他特别想知道丛碧是怎么想的。

一天在化妆间，净墨故意对丛碧说道：学普通人吧，送上门来的肥肉，不吃白不吃。丛碧白了他一眼，没有说话。净墨又道，是不是你有什么策略，要把他的财产再榨一些出来？丛碧还是没理他。净墨干脆直接了当道，你干吗不当新川川大酒楼的第二老板娘啊？我听说它的占地面积，加上全国各地的分店，资产评估有上千万呢。丛碧急了，终于脸一黑道，如果我是你妹妹，你也这么说话吗？

丛碧起身就走，还带倒了一张椅子。

啪的一声响，净墨也觉得自己的心里咯噔了一下，他有点喜欢这个女孩子了。

晚上录完节目之后，净墨说：亲妹妹，我请你吃宵夜吧。丛碧道，吃什么？我可不吃酸菜鱼，都是油。净墨道，你说吃什么就吃什么。丛碧道，那就去吃豆浆大王吧，我想吃小笼包了。

两个人出了演播大楼，来到大门口时，看见胡川的车停在那里等人，见到丛碧，胡川亲自下车打招呼，他说，叶小姐，听说你很喜欢旅游，我打算请你去迪拜，那里有金子打造的酒店，景色又好，是天上人间。丛碧道，谢谢你，我哪儿也不去，我得守着我男朋友。说完夸张地挎起净墨的胳膊，转身离去。

背后有人盯着，净墨走得不自在，差不多要顺拐了。丛碧小声道，你能不能给我长点面子，真是稀泥巴糊不上壁。净墨也小声道，你以为我为他？我简直就是为你，原来你在等我说爱你。丛碧道，少放屁，不过让他死了这份心。净墨道，我倒真觉得咱俩挺合适。丛碧根本不拿他的话当话，兀自叹道，真不知道要亲多少只青蛙，才能变出一个王子来？净墨道，你亲我一下，愿望立马就实现了，不信你试试。丛碧笑道，你这人真是要多讨厌有多讨厌。

其实，净墨也不是一只菜鸟，他曾经有过一段短暂的婚姻。那时他在国外读书，人也还单纯。有一个相貌平平的女孩子向他示好，而他们学校的大陆留学生也不多，两个人同祖同宗同声同气，很快就走得近了。净墨是一个散淡的人，他也不觉得同居就是犯了天条，但是那个女孩子不肯，还是去做了登记。

时间一长，终于发现两个人是不适合在一起的。因为女孩子太好强，也太刻板，每天悬梁刺股地要拼学位，如果还剩一点时间那就去图书馆，的确是一个积极向上的人。可是净墨晚上不睡，白天不起，除了上课的时间以外，最喜欢泡吧，坐露天咖啡馆，实在没地方去就到中国城买一份中国报纸，饮茶也能饮半天，跟金山伯或台湾老兵神聊他也不觉得闷，碰到无所事事的老外，他也用烂英语跟人家侃。

应该说，净墨是那种心智成熟缓慢的男人，他的年轻太太渐渐对他心生不满，先是说他没有进取心，对人生既没有远期目标也没有近期要求，总之是胸无大志。后来太太又觉得他家庭观念也不强，在家也不知去买菜买日用品，出去了又不知道回来。总之怎么看他都是越来越不顺眼，终于离婚各走各路。

体会了那样一种生活，净墨便觉得女孩子漂亮一点，无知一点，外加一点虚荣心，也没有他想象的那么不好，反而他怕了那种动不动就雄心壮志冲云天的女人。比如他眼前的丛碧，他只觉得她好玩，人本来傻傻的，却觉得自己精明，所以他忍不住地要逗她。

那天他们吃了宵夜，胡川也没有尾随其后继续纠缠，似乎一切雁过无痕。

然而，不久的一个晚上，净墨夜里加完班回家，走到僻静之处，被一帮不知名的男人痛打了一顿。他们来无影，去无踪，也没有警示的言语，一声不响地打完他就走了。净墨是自己搭车去的医院急诊室，额头缝了九针，险些伤到眼睛。幸亏给他处理伤口的年轻女大夫看过他的节目，便用了眼科的手术针，确保他伤好后不会破相。

丛碧闻讯后赶到净墨住的地方，一见他这个样子，眼圈便红了。丛碧道，整个办公室的人都在说，不知净墨满嘴跑火车又得罪谁了，只有我一个人知道这事是胡川找人干的，想不到还真连累了你。净墨笑道，我也知道是他干的，不过他泄了恨，不再纠缠你也算值了。丛碧道，我们不告他吗？净墨道，没有证据怎么告？张扬出去说不定他又会恼羞成怒，不如我吃个哑巴亏，这事就过去了。

丛碧低下头去，道，那我欠你的人情不就欠得大了？净墨仍旧笑嘻嘻的，没正经道，你知道就好。

那一瞬间，丛碧的心里也有一点点异样，仿佛羽毛轻轻掠过，似有若无，却又真真切切地感觉到丝丝暖意。只是她想，净墨好是好，就是太穷了。

五

星期一上午十点钟的例会，庄世博和同是国行副总经理的郎乾义几乎是同时来到了会议室,两人只是点头示意了一下,便各自坐了下来。

庄世博今天穿了一件淡蓝色的衬衣,配静黄色带花纹的领带,外面是藏青色的西装。看上去整洁、俊朗,又不失职业背景。在休闲风劲吹的时下,本来他也不必这么严谨,但是一把手王行长是一个注意细节、一丝不苟的人。果然他到办公室之后,对郎乾义的格子衬衣配夹克衫只多看了一眼,并没有发表什么言论,会议就开始了。

谁都知道,庄世博和郎乾义在行里是平分秋色的,因为各种各样的原因,两个人之间没有私交,不是上班时间,几乎电话都不通一个。但在工作中又有一定的默契,从来没有发生过太大的矛盾。庄世博的主要优势是他在回国行总行之前,曾经做过纽约分行的首席交易员,被称为一走进交易室,打开电脑,便能形成自我概念,凭借自己良好的市场感觉而不是一些理论走势分析,便能够对美元的汇价做出瞬间判断,从而在外汇交易中稳操胜券。越年轻的人就越不容易有什么传奇,但是传说中的庄世博有一年曾经为国家净赚九个亿的美元,这种事很难不被人们津津乐道。还有人说,他在纽约工作期间,恰逢某重要领导访美,接待过程中,中方银行界名流如云,这个领导随口问起美国的利率政策是什么?也只有庄世博能够从容应答。据说那一次,他便给领导留下了深刻且良好的印象。

后来庄世博顺理成章地被视作知识化、年轻化、专业化、革命化的人才提拔为纽约分行的总经理，与回到国内反而有些不知所措只好谨慎、自闭相比，庄世博似乎更容易在国际金融界如鱼得水，那时他非常善于交际，经常举办一些聚会，请花旗银行等美国银行的行长出席，或者自己前往华盛顿，出席有格林斯潘等要人出场的集会。作为中国的金融代表，他的角色再现应该是相当成功的，这体现在他对内的业务能力，对外的类似外交官的长袖善舞的形象，所以西方国家的人会认为他独具个人魅力。

所有这一切都让人觉得庄世博不仅像银行界的周杰伦一样光芒四射，同时前景可观。

而郎乾义的风格是非常本土化的，在他身上没有丝毫伦敦或纽约的遗风或色彩，但是他大学本科就是学计算机的，在这方面有着绝佳优势，一手打造了全行统一的电子化平台，率先开发了一系列高科技含量的金融产品和服务，"一卡通""一网通""金管家理财"等知名金融品牌可以说是在最短的时间内几乎家喻户晓。总之，由郎乾义主管的网上银行业务效率之高，被公认为行内翘楚，可谓有口皆碑。所以虽说郎乾义并没有庄世博的年龄优势，他今年已经四十二岁了，但是他在能力方面是绝对不会输给庄世博的。

在庄世博眼里，郎乾义的确是无懈可击，尽管他看上去比较随便，也不那么讲究，但是简朴的人总是更容易被大众认可。同时他在业务方面也非常实干，说话办事层次分明，处理问题也同样果断、干练。

别人的长处，有可能就是自己的软肋，比如有一种声音就认为庄世博擅长的是国际金融业务，而缺乏国内银行工作的经验背景，这方面自然是郎乾义略胜一筹。

对于这种声音，庄世博当然是最为不屑和反感的，无形中也加深了他和郎乾义之间心知肚明的隔膜。在银行界众多的人才俊杰中，他们也深知谁是自己真正的对手。庄世博一直觉得有一双眼睛在注视着自己，他必须打醒十二分精神不受制于人。

与此同时，以庄世博曾是神童的直觉，他总觉得郎乾义虽然把自己包裹得严丝合缝，但一定有事，而且一定是经济问题。

为什么会有这种直觉？这是因为在一段时间的观察中，庄世博觉得郎乾义的心胸比较狭小，尤其是在每一次人事震荡之后，郎乾义或多或少都会有些抱怨，自然是所提拔之人并非职业银行家人选，而掺杂了较多的其他因素，使进入金融界高层的人选完全没有一个清晰的标准。看得出来，郎乾义觉得在本系统中飞得高飞得远的人，也只有他和庄世博是靠自己的真本事博得一片天地的，所以议论起这样的敏感问题反而有些惺惺相惜。

只是庄世博觉得，只要人的心理不平衡，就一定会做出另一些事情来平衡自己的心理。但是什么事他完全不得而知。他也说不清他为什么会有这种感觉。

这段时间，行内疯传王行长要上调。王行长当然不承认，竭力否认这件事，但是议论有增无减，无形中给庄世博和郎乾义都带来了压力，尽管他们在会议室相对而坐时显得那么平静，但其实内心都难免天人交战，权衡着对方的优劣以及自己手中的牌。没有一个男人不希望自己在事业上直冲云天。

会后，王行长叫庄世博到他的办公室去一趟。

看着他严肃的表情，庄世博便知道他要说什么事。果然，王行长问的就是二十一世纪大厦的事。

二十一世纪大厦的事并不复杂，这座楼高六十六层，建筑风格巍峨壮观，是城东地段的标志性大厦。大厦的拥有者二十一世纪投资公司，因为各种原因已经进入破产程序，而公司和大厦本身都属于国有资产。其他的事暂且不提，就拍卖大厦产权一事，曾经有过的三次拍卖活动全部流拍，因大厦的评估是二十五亿人民币，但是价格却在十三亿左右徘徊，所以导致流拍。在最新一轮的拍卖活动中，有人联络了境外商家，准备联手低价拍得，也就是在价格底线十五亿时，稳住低价，拍卖成功。

与此同时，泰核公司的老总找到庄世博，表示对二十一世纪大厦的志在必得，当然他的实力不够，便说服庄世博同意他就用世纪大厦作抵押，贷款让泰核托市，以防国有资产的流失。慎重起见，庄世博调看了泰核公司的全部资料和历年来的公司运营表，发现这个公司的确有爱国背景，也的确与国有资产有着深层次的渊源，是完全可以信赖的。

然而此时，拍卖日期已近在眉睫，境外商家的代表也已经飞了过来，住进了宾馆。

也就是说庄世博完全没有时间再打报告审批，或与有关部门沟通了，于是，他便私自做主把一大笔巨款拨给了泰核公司，使泰核公司成功拍得了二十一世纪大厦。

王行长严肃地说："你知道你的错误在哪儿吗？"

庄世博道："我无组织无纪律。"

王行长道："你为什么不报告？"

庄世博道："这件事责任重大，我怕如果报告了反而做不成了。"

王行长气道："你是不是觉得只有你一个人心痛国有资产？"

庄世博无言。

王行长道："你把事情看得太简单了，这次你是侥幸，如果境外的公司实力再强一点，跟你拼到底，把你顶到最高限额收购你怎么办？而二十一世纪投资公司是破产公司，拍卖所得是先要偿还债权人的欠资的，据我所知，与二十一世纪大厦有债权人关系的就有好几家，背景又相当复杂，处理起来非常棘手；同时泰核公司并没有做酒店业的经验，万一经营不善，里里外外的风险就全部落到了我们头上。"

庄世博更加无言以对。

沉默了好一会儿，王行长语重心长道："世博，我知道你急于在国内金融界建功立业,那尤其不能与人拼一日之长短啊。"

临走的时候,王行长又说:"这件事本来是要在全系统通报批评的,想来想去被我压住了,但你还是要写出书面检讨交到我这里来,反省要深刻一点,不要觉得无私无畏天地宽,钱没落到自己的口袋里就不是问题。希望你再也不要犯类似的错误,制造传奇很容易,但是成为一个真正的银行家还需要脚踏实地的品格和操守。"

平时,王行长是很少说重话的,而且庄世博和郎乾义都是他的爱将,他不是不知道庄世博有才华,但是喜欢违规,可他依然重用他。不过为了年轻人的成长,有些话他不能不说。而庄世博是要脸面的人,仅这几句话,已经让他觉得无地自容。他承认他做决定时有些不冷静,不仅是性格使然,王行长也说到了他的痛处。

就在庄世博在王行长的办公室里备受煎熬的时候,芷言正驾着她的黑色佳美车在郊区的高速公路上疾驶。自从她上次跟宛丹的谈话艰难而无果之后,她一直有一种不祥的预感。所以她决定到市郊的贵族学校去看一看庄淘。

庄淘是那种年龄很小却心事很重的孩子,本来他真不应该这个样子,但也许在性格上他更像妈妈,所以显得懂事有余,活泼不足。不过他非常地喜欢芷言,说得奇怪一点,他甚至懂得欣赏芷言。每回芷言来看庄淘,或者她来接庄淘回家,以她的美丽、气质与风度,总是让庄淘觉得自己特有面子。

下午的最后一堂课是自习课，庄淘向老师请假带芷言去了宿舍。

宿舍是四个人一间，收拾得还算干净。阳台上有一个洗衣机，据称是四个学生合钱买的。他们每个人都有自己的桌子，庄淘的桌面一尘不染。

这一次，芷言也没有跟庄淘说什么，她除了带给他一些食品和课外书之外，比较正经的一个话题就是让庄淘好好学习，而且将来是一定要到国外去留学的，无论身边发生了什么事，都要有足够的定力去克服，这才是真正能做大事的人。

庄淘当然不明白芷言的话意义深远，但也只有对芷言的话他会照单全收。

芷言又看了庄淘最近的测验报告，道，怎么政治都考了九十八分？六十分也就足够了。庄淘没有说话，笑。芷言道，你笑什么？庄淘道，姑姑你就是教政治的啊。芷言道，正因为我是教政治的，我才知道该考多少分才合适啊。庄淘小大人一般地叹道，要不说姑姑是我见到的最酷的人呢。

返程的路上，芷言接到了乔新浪的电话。

乔新浪是世博单位外汇资金处的处长，也是年轻有为，很得庄世博的器重。由于工作的需要，乔新浪经常出差，一年有大半时间在天上飞。但是只要手上的公务能告一段落，他是一定要见芷言的。乔新浪这个人少言寡语，处事低调，唯独在情感方面心气甚高，自打他认识庄芷言起，便打定了主意要跟她在一起。他曾跟他最好的朋友酒后吐真言，说只要是对庄芷言动了凡心的男人，再看任何一个女人都是俗物，简直就是云泥之别。

从二十八岁起，乔新浪就追庄芷言，现在六年过去了，什么进展也没有。

新浪曾经对芷言说，你的生活方式我都看明白了，我觉得一点问题都没有，就算我们在一起了，你还可以住在你哥家，我单独住，反正我也是经常出差，我觉得并没有影响你什么啊。

世博也劝过芷言，他说新浪这个人不错，你还要找什么样的？论哪一方面他都配得起你，你不知道他在外面有多抢手呢。

芷言对此总是一笑了之。

世博又道，我觉得你在这方面也没受过什么刺激啊？要不就是心里有人？

芷言道，你别猜了，我对男人就没兴趣。世博惊道，你别吓我啊。芷言道，你想哪儿去了？我自己也不知道为什么，就是对男人没有兴趣。

芷言也觉得乔新浪这个人品行、格调都在水平线之上，可以说没什么缺点，但也许正因为他没缺点吧，芷言反而觉得他那么不真实，那么虚无缥缈。尤其他的工作，总是在飞，人一飞走就像不曾存在过一样。当然这一切都不重要，重要的是她对他真的没什么感觉。

也许她的心思都用在别处了吧,不知道为什么会这样。

有一次,乔新浪对芷言说,你是不是觉得我对你有什么企图?如果真是这样的话,我可以调到其他单位去,不一定非要在庄世博的手下。芷言只当他说说而已,便道,也算是其中的一个原因吧。结果第二天乔新浪就跑到庄世博办公室去谈辞职的问题。庄世博回到家对芷言说,你是不是非要把新浪玩残不可?明明不喜欢他,还让他辞职,你这是安的什么心?你又不是不知道他是我的一只胳膊。

打那以后,芷言也才承认乔新浪算是她的一个谈话对手,偶尔也在一起喝茶、吃饭,但从不涉及情感问题。

这个晚上,芷言和乔新浪约好了在一个僻静的潮菜馆见的面,要说这个饭店的特色,除了贵也就没有其他特色了。明炉部分,挂着大只的冻蟹和卤水鹅等,守在一旁的大厨,顶着高耸入云的厨师帽,穿着洁白的制服等待着开刀问斩,脸上有一种刽子手般的冷漠。可能是由于价格的昂贵,这里的客人并不多,与热闹非凡加之过度服务的实惠餐馆形成了鲜明的对照。

乔新浪先来到了餐厅,他找了一个倚窗的位置。

坐下来后不久,乔新浪无意间看见了坐在火车包厢位里的郎乾义,郎乾义在看烫金的菜牌,坐在他对面的是一个三十多岁长相精致的女人,反正不是郎乾义的老婆。乔新浪思忖着是否应该在郎乾义没看见他时就选择离开？正在犹豫之间，郎乾义也看见了他，却是即刻起身满脸微笑地走了过来，乔新浪也只好作颇感意外状，客气地站起身来。

郎乾义的神情倒是没有半点的尴尬，他跟乔新浪握过手之后，道，让我猜一猜，你约了谁吃饭？是庄芷言吧。乔新浪笑着点点头。郎乾义诚恳道，是个有魅力的女人。

乔新浪脸上的表情略显无奈，想到自己这么多年的追逐，不仅毫无结果，却成为别人口口相传的故事，也未可知。然而，不等乔新浪作出反应，郎乾义又道，有一个不为结婚而交往的女朋友，实在是男人的造化。

一时间，乔新浪愣住了，等他还过神来，郎乾义坐过的位置上已经空无一人了。

也就是在这时，芷言走了过来，笑道，一个人在这里发愣，想什么呢？乔新浪便把刚才的事说给她听，芷言倒是用心听着，不过并没有什么感言。坐下来后，两个人开始点菜，边吃边聊。由于乔新浪经常出差，有时会几周或几个月地住在香港或国外，所以每次回行里，便能听到许多见闻，当然他也听说了二十一世纪大厦的事，他告诉芷言，这件事的群众反映是褒贬不一，那也是合情合理的，现在的人民群众，有什么事会一致鼓掌通过？那反而是不正常的。

乔新浪说，有人的确由衷地赞扬庄世博是世纪英雄，但更多的人认为他是世纪之星，无非一场政治秀而已。

对此，芷言也只是笑笑，不置一词。

又说了一些闲话，乔新浪这才想起了什么，便从包里拿出一瓶香水递给芷言，道，在香港也没什么好买的，据说这种叫鸦片的香水能够随着温度的升降而变化味道，晚宴的时候尤其合适，所以成为时尚女子的新宠，也不贵，就给你买了一瓶。芷言接过香水，道谢后说道，我也真是要换香水了，都说香奈儿5号是老女人的标志呢。新浪忙道，我可不是这个意思啊。芷言笑道，女人不管用什么香水，总是要老的呀。乔新浪忍不住道，所以说嘛，那你还要我等多久。芷言不再说话，低下头去。

好一会，她才抬起头来，望着窗外无边的黑夜，轻声叹道，其实我这个人，真不值得你这么执着。奇怪的是，只这一句话，乔新浪先吃不住劲了，深感自己多情累美人，急忙摆手道，我们不说这个，不说这个。

庄芷言回到家的时候，已经是十点二十分了，但见庄世博坐在书房的电脑前面，电脑屏幕上是检讨两个字，下面空无一字。庄世博一个人梗着脖子在抽烟，像是给一屋子的人看脸色。

芷言见状，道："世纪英雄也不是那么好当的。"

世博总算找到了出气的地方，没好气道："你能不能不说风凉话，还嫌我不烦是不是？"

芷言道："这么大的事，你总该说出来商量商量。"

世博道："这件事我不能跟任何人商量，商量了我就做不成，是你会让我这么干还是王总会让我这么干？"

芷言道："你知道准备联手低价拍到世纪大厦的人是谁吗？"

世博冷笑道："我管他是谁，我不用知道。"

芷言平静道："是五个人联手，请一个外人出面操作，那五个人都是有背景的。"

世博火道："那我就更不用知道是谁了，而且就算知道了我也装不知道，我又不贪，谁还能拿住我了不成？而且下次别让我碰上这样的事，碰上了还这么干。不就是写份检讨吗？两张破纸而已。"

芷言叹道："你不贪财，不等于你不想当官，现有的国有商业银行高层管理人员的选拔机制，根本没有走上市场，还是以干部官本位化的方式进行，说白了就是企业经营者和政治家的一体化，既是银行家也是行政官员。如果身在其中，谁又是可以超凡脱俗的？"

世博不再说话，芷言的好处便是点到为止，也就不再多言。

沉默了好一会，庄世博突然抬起头来问道："你去找过宛丹吗？"

芷言点了点头。

世博又道："她到底是怎么回事？"

芷言几乎不假思索道："据说她一直都在暗恋她的教练。"话音刚落，自己甚感心惊，怎么天大的谎言也是可以脱口而出的？！

世博仿佛被惊住了,半天没有反应。

过了一会,他的脸色才乌云密布,他想起宛丹过去的教练周谦,他跟他不熟,几乎没说过几句话,给他的印象是哈尔滨人,高个儿,沉稳,少言而定力十足。宛丹退役之后,周谦依然是女子花剑队的教练。世博知道的情况仅此而已,但他相信,周谦绝对是查宛丹喜欢的那类人,他和宛丹最初相识时,宛丹谈得最多的人也就是周谦,不过他丝毫没有疑心,一个运动员嘴上挂着教练,这太正常了。所以世博还知道周谦家有贤妻,并有一对人见人羡的龙凤胎的儿女。

世博开始感到郁闷,如同一滴水墨溅在宣纸上便慢慢地洇开,那种感觉不是大喜大悲,但会在心中一点一点地弥漫,直到一种漫无边际的感伤统统积在了胸口。

他眉头紧锁,脸色却有些自嘲道:"谁都别以为自己是香馍馍啊,芷言,我发现男人在感情上都是盲目的,甚至是有错觉的。"

芷言显然不想就这件事讨论下去,她知道有些实情是说不清的,无论是对宛丹还是世博,而且所有事件的所谓真相通常都是令人尴尬的,并不说穿反而成为一种境界。总之她劝慰自己,这样的解释也是纯属无奈,等宛丹自己冷静下来,说不定在哪一个傍晚就回家来了,相信一切如常。

于是,她叫世博去洗澡休息,她保证能把检讨书写出花来,要多深刻有多深刻。

一夜无话。

第二天,庄世博果然神清气爽地出现在办公室,似乎没有任何一件烦心的事影响过他的心情。在走廊上,他碰见了朗乾义,两人还像以前那样点了点头。郎乾义心想,这家伙不是吃了什么特殊的保健品吧,怎么可能就没有一点疲惫之色?

不过到了下午,世博还是觉得自己心情不爽,他不想再忍下去,便抽空独自驾车去了查宛丹的工作单位,本想跟她开诚布公地谈一谈,或者吵一架以泄彼此的怨怼,至于今后怎么办再从长计议。但是宛丹并不在办公室里,单位的人说她去了花剑队,因为国际剑联花剑世界杯赛很快要在上海开幕,有些具体的事情要去解决。

由于熟门熟路,世博自己找到了花剑队的训练场,本以为运动员在紧张地训练着,出乎意料的是,除了场地上有两个人在击剑,其他的运动员模样的人却围在一边看热闹。世博也站在门口看了一会儿,只见那两人剑剑相逼,杀得如火如荼。并没有见到查宛丹,正准备离去,训练场突然爆发出一片掌声,当他再次回过头来,才看见两个刚才交战神勇的剑客脱下头盔,竟然是周谦和查宛丹,这当然是一场开玩笑性质的回顾赛,两位剑客也不复当年,世博感到周谦有些发福,但仍不失剑气,众人也是拿前辈开涮,或者是缓解赛前的紧张气氛。然而这一切已经不重要了,重要的是庄世博在宛丹的脸上,看见了久违的笑容,她的笑容是那样的灿烂。

世博转身离去，他突然什么都不想说了。本来他心中尚有若干疑点，芷言口中的据说，本身就不可靠，再说暗恋就不应该有任何人知道等等，但是在刚才的瞬间，他已经完全相信了传言。

他无论如何无法接受，他爱过的女人竟然与他同床异梦。

庄世博驾车原路返回，一路上他并没有冲红灯，或者该拐弯的时候直行，然后一个人把车停在山谷或海边，任凭山风呼啸或大海磅礴，尽管人生如戏，但毕竟还不是戏。他没有这些征兆，因为他早已不是少年维特。但他仍旧没法阻止记忆，他想起他与查宛丹的无数次击剑，有一次他们闲聊时，他问宛丹什么是剑道？宛丹想了想，回答说，还是人间道吧，也就是人的品行和性格使然。世博道，也对，剑如其人嘛。宛丹迟疑道，其实我们两个人的性格里都有一种很硬的东西，没事还好，如果有事……世博打断她道，能有什么事？

这个话题就此中断，后来也并没有机会续上。但是现在世博却想，查宛丹的剑道根本就是无间道，一想到她是如此这般的身在曹营心在汉，他仍然觉得胸口堵得慌，昨晚就积在那里的东西没有得到半点化解。

三天以后，庄世博给宛丹打了一个电话，他的神情和语气都非常平静，他说，我们还是抽空去把手续办了吧。

电话那一头是石沉大海般的沉静。

六

马爹利时尚尊贵新品味的酒会在一家高级会所举办,现场布置得简洁、高雅而不失创意。纯黑色的舞台上低垂着酒红色的天鹅绒幕布,上面用激光投射了一个百年品牌的经典标识,是一只展翅的飞燕,线条明快,四周没有任何装饰,干净得几近单调。舞台的两侧盛开着雪白的马蹄莲,也就是在同样白色的磨砂花瓶之间,耸立着若干样式古朴的木材酒架,名酒如同大炮一般林立其中。

现场有一辆英伦风十足的大红色宾利跑车坐镇,更有一流的外籍乐队演奏蓝调爵士,就在这和谐细腻的音符之间,冠盖云集,名流纷呈。

除了酒天酒地之外,酒会还准备了精致的自助餐。

叶丛碧接到邀请便是在自助餐现场的一个角落里煎小牛扒,她当时的心情有些矛盾,因为她既不是主持也不是嘉宾,以一个小厨的身份去这种地方实在有失体面,但是她又十分清楚,能参加这种级别酒会的人肯定是非富即贵,如果有什么艳遇,为了所谓体面坐失良机,岂不空留遗恨?!

所以她最终还是去了酒会,但自然不能穿落地长裙或者露背装,高跟鞋、金银首饰之类的东西更加派不上用场。她只能穿一身白色制服,像酒架那样站在一个地方。

丛碧还是第一次看到世界小姐，名模，明星，金牌主持人这么集中地出现在一个场合，他们的风采，服饰，品位把她的眼睛都看花了，后来发展到头晕目眩。宾客们争相与他们照相，闪光灯亮成一片。尤其是席间穿插的珠宝秀，由光芒四射的电影明星代言，电影明星的完美与耀眼，使酒会变得更加迷离和梦幻，如同天上人间。

望着大颗的珠宝，叶丛碧的眼神都直了。

几乎没有人吃东西，只有司机和助理才会在这种场合大吃大喝，有身份的人就像曾经集训过那样手握一支高脚杯，把里面的酒液晃来晃去，一脸悠闲的神情。

这时，有一个穿亚麻色休闲西装的男人走了过来，他要一客小牛排，丛碧说，几成熟。那人说，六成吧。丛碧开始认真煎制后，奉上。然后继续眼睛顾不过来地看美女、明星和熠熠生辉的珠宝。男人吃了一半牛排又走过来，对着丛碧问道，你叫什么名字？在哪儿工作？丛碧瞪大眼睛道，牛排有什么问题吗？男人道，当然没有，是你自己腌制的吗？包括用料都是你自己调制的吗？丛碧颔首，却又只嫌这人啰唆。那人又道，煎烤得也是恰到好处，真的入口即化。丛碧心想，估计这人也没吃过什么过硬的东西，要不就是看上了自己没话找话。

不过丛碧觉得这个人没有加入到摇杯大军里去，竟然在这种场合细品牛排，又能狠到哪里去？着实没把他放在眼里。那人又问了一遍你叫什么名字？在哪里工作？丛碧有些不快道，你真的不认识我吗？我很出名的。那人两眼茫然，丛碧觉得他倒也不是装的，就提醒他自己在电视上做饮食节目，深受广大人民群众的欢迎。那人才哦了一声，好像是想起来了，其实还是没注意过，因为在电视上也只是看看新闻而已。丛碧心想，你又不知道我是名人，那又何必跟我说得那么热闹。

那人递给丛碧一张名片，丛碧看也没看便放进制服口袋，因为纯黑色的舞台突然伸出了一段T字形的场地，在铿锵有力的音乐感召下，清一色的精英男士时装秀正式开场了。

神情超酷的男模，一下子把丛碧的注意力像吸油烟机那样吸走了。

将近十二点钟的时候，丛碧才筋疲力尽地从酒会出来。酒会仍在继续，但丛碧已力不能支，便在指定的钟点下班，领了两瓶酒算是酬劳。丛碧走到门口时，但见净墨正在等她。净墨迎了过去，丛碧道，你怎么来了？净墨道，这么晚了，我怕有人劫色。说着接过丛碧手中的两瓶酒，又道，就为了这个，你说值不值？丛碧有气无力道，还以为有什么艳遇，结果当了一晚上的店小二。净墨笑道，不如认命，我肯定就是你的艳遇。丛碧更加气绝道，少放屁，你怎么可能知道我的雄心壮志？净墨终于开怀道，我就是喜欢你这种赤裸裸的贪婪，却又不肯跟了胡川将就。

丛碧呸道，少提他，提他我有生理反应，说不定今晚就高烧不退。

过了几天,丛碧的妈妈问她,你新认识了一个银行的高官对吗?丛碧不得要领道,哪有这样的好事?丛碧的妈妈便把名片拿给她看,头衔下面写着庄世博三个字,丛碧拼命回忆,也想不起他长什么样子了,只记得那个给珠宝代言的电影明星。丛碧心想,自己真是丢了西瓜,捡了芝麻。

没有跟人家攀谈,也没有给人家留电话号码,现在主动把电话打过去,明摆着是拜金女孩。

一连数日,丛碧的心境都备受煎熬,那张名片就放在她的梳妆台上,扔也不是,留也不是。录节目的时候,丛碧不是忘词,就是语无伦次,净墨问道,你怎么了?丛碧小声道,没怎么。净墨道,没怎么这是怎么了?丛碧突然火从天降,直着嗓音道,没怎么就是没怎么,你见过哪个主持人不吃螺丝?我要是说话不打结早就去当女主播了,也不会陷在这里满身的油烟气。净墨愣了一下,欲言又止,转身离去。女编导看不过眼,道,叶丛碧,你把红烧鱼说成红烧驴,我们没怎么着,你还发起火来了?!你要是不怕下岗就还是乱七八糟地说,好多人等着这个烟熏火燎的位置呢。

丛碧不敢顶嘴,翻了一个白眼。

情绪正在胶着状态,忽然有一天,丛碧出了录像室,刚一打开手机,便有一个电话打了过来,声音陌生而富有磁性,打电话的人说,我是庄世博。丛碧当即沉默了五秒钟,巨大的兴奋令她的声音有些颤抖,忙说,你好你好。庄世博道,你还记得我吗?丛碧道,记得记得,当然记得。庄世博道,那你说我是谁?丛碧说道,你就是酒会上第一个吃小牛排的人。庄世博笑道,看来还真是想起来了,我还以为你把我的名片扔了呢。丛碧心想,幸亏妈妈细心,要不就漏掉一条大鱼。

庄世博道,叶小姐,你还真是名人,我看了你的节目,打电话到电视台一打听,就问到了你的电话。丛碧解释道,我那是胡说的,你别当一回事。又说了一些闲话,庄世博才说,我这个星期天想请人到家里吃饭,不知叶小姐有没有空到我家帮忙,做一顿不要太复杂的西餐。

不用说,叶丛碧满嘴答应下来。

星期天的中午,叶丛碧细致入微地化了一个难以觉察的裸妆,皮肤清彻嫩白,没打腮红,眉眼也相当清淡,只是刷了一点睫毛液而已。她穿了一件蓝白海魂衫配背带裤,整个人看上去十分洁净。

她先去了超市,按照自己早已拟好的购物单购买食品和用料,一切齐备之后,便搭车去了庄世博的家。

庄世博的家中就他一个人在家,他打开门以后,急忙双手接过丛碧手中大大小小的购物袋,道,不是说好我跟你一块去买东西的吗?丛碧笑道,我习惯了一个人采购干净利落,再说你也不必这么客气。庄世博道,给你打过电话以后我才觉得唐突,但你的牛扒做得真是太好了，一直都没办法忘记，今天要请重要的客人，突然就想到了这个创意。丛碧忙道，反正我一个在家呆着也没事，能帮上你的忙是我的荣幸。

叶丛碧这一回才细细地打量庄世博，觉得他简直就不是酒会上的那个人，在酒会上，她真以为他是一个司机呢。可是当一个男人有了附加值之后，怎么就变得这么顺眼，这么帅，甚至他身上微显出来的一点点霸气也那么让人心动呢？

丛碧当然极度掩饰着自己复杂的心情，又清醒地明白庄世博他不可能单身，但是她无意间早已发现，房间里她可以目击到的地方，并没有女主人的照片，或者全家福之类的东西。而且有没有家庭又有什么关系呢？她根本不介意他的现状，事实上她比庄世博还抢先一步发现了自己的猎物，似乎冥冥之中她一直等待着这场不期而遇。

厨房很大，用品也十分齐全，有一张长桌子供配餐用。庄世博解释钟点工今天休息，他也就没有叫她来帮忙。叶丛碧表示完全不需人帮忙，她一个人就足够了。

不过庄世博还是坚持留在厨房里帮着开罐头、洗菜什么的，两个人有一句无一句地搭着话，庄世博道，你这么年轻，怎么可能把菜做得这么好？真有点不可思议。丛碧道，我一直做饮食节目，认识好多大厨，看也看会了。庄世博又道，是不是你妈妈特别会做菜？丛碧笑道，她不会做，都是我做给她吃。庄世博道，那她真是太有福气了。丛碧道，也不见得，她以前拼命培养我，特别想让我成为居里夫人。

庄世博笑起来，丛碧抬起头来看他，一点不觉得自己说了什么好笑的话。

这时门铃响了，庄世博看了看手表，心想客人怎么会这么早来呢？丛碧道，可能是我订的鲜花送来了。

庄世博去开了门，果然是送鲜花的。丛碧道，吃西餐最好有鲜花和香烛，否则情调就不够。世博道，看来请你还请对了，你真心细。两个人找来一尊广口花瓶，注满水，把鲜花插进去放上餐桌，效果的确不错。

丛碧拿出她买好的香烛摆上桌，是两枝粉紫色的睡莲，丛碧道，吃饭前就可以点上，会有一点淡淡的熏衣草的香味，比较宜人。

五点多钟的时候，客人来了，丛碧将洗好的茶具递给庄世博，指定他和客人一块喝她带来的茶叶。庄世博道，我家里有上好的铁观音，还有陈年的普洱茶呢。丛碧说道，知道你有好茶叶，但是我带来的是"西施舌"，不仅口感好，犹如衔住了美人的舌尖，更能清口清胃，再吃我做的西餐，别有一番风味。世博简直被她说呆了，丛碧忙道，你赶紧去招待客人吧，我开始做菜了，你不用进来。

其实来的客人就是王行长夫妇，在客厅的沙发上坐下来之后，王行长就对世博说道，要不是看到你的检讨书写得深刻，我也不会来吃你的饭。王夫人急忙解围道,来都来了,你还非要人家发窘,哪有你这样的客人?世博一边沏茶一边对王夫人说道,王行长就像我的父亲似的,他说什么我都不会介意。

西施舌果然在沸水中伸展,水色绿到深青,初尝入口,甚是香软温润。王行长忍不住赞道,你这是什么茶啊,怎么这么好喝?王夫人也附和道,真的,我最近一直胃口不好,这茶倒是醒胃。因为世博也说不出所以然来,只好笑笑。

晚餐时分,世博来到餐厅,只见餐桌上的刀叉闪闪发亮,雪白的餐巾叠得整整齐齐,高脚杯里已经倒好了红酒,餐桌上方只亮着一盏仿古吊灯,桌面上烛光摇曳,空气中暗香浮动,背景音乐是行云流水般的钢琴独奏。庄世博满意极了,他来到厨房,相信菜式也一定会让他惊喜,只是他没有想到,厨房里就如同大变活人那样,忙碌的竟已不是叶丛碧,而是庄芷言。

芷言正准备端菜,前菜是吞拿鱼沙律,主菜是香嫩的小羊排,外加奶油蘑菇汤配蒜蓉切片面包,还有一盆芝士烩时蔬,里面有西兰花、青笋、灯笼椒、西葫芦等,出品都非常精致,色相诱人。

世博奇道,叶小姐呢?芷言道,做完菜她就回去了。世博道,你为什么不留她吃饭呢?芷言无甚表情,却反问道,你觉得她留在这里吃饭合适吗?世博道,本来就是便饭,有什么不合适的?再说人家费时费力。芷言直截了当道,就是做朋友,这人也不合适你,你没看她一脸的欲望。说完这话，她不再理庄世博，端着菜去了餐厅。

世博呆立了一会儿，一时间觉得芷言简直就是父亲的变身，但此时此刻显然是不能理论和吵架的。所以他还是调整好情绪走出厨房。

由于路上塞车，丛碧回到家的时候，已经是晚上七点四十分，母亲坐在沙发上一边嗑瓜子一边看电视，见到丛碧进屋，随口问道，吃饭了吗？丛碧摇了摇头，母亲便起身去给她下面条。母亲叹道，这么漂亮的一个女孩子，打扮得光光鲜鲜的出门，晚饭都混不到一顿，这是什么世道啊。丛碧着实是乏了，饿了，也就懒得跟她争，只是一声不响地瘫在沙发上。

面条端上来以后，上面是金灿灿的两只煎蛋，香味四溢，丛碧便扑过去，闷头吃起来。母亲坐在她跟前，看着她吃，道，我想通了。丛碧道，你又想通了。可见母亲是常常想通而丛碧又常常不以为意。

母亲道，你说不喜欢胡川，我也觉得胡川不好，那就别再耗着了，不如找个心疼你的男人，没钱也一样过日子。丛碧心想，就这么嫁了，你想通了我还没想通呢。只是嘴上不便说出来。母亲又道，你说过那个肉末对你好，我觉得他人也不错，看着就是个知冷知热的人。丛碧不快道，妈，胡川说要给咱买房子你就说胡川好，现在肉末头上缝了几针你又说肉末好，你这人怎么这么没原则？母亲道，我倒是想讲原则，可生活里面有什么原则啊，好多东西都是早就配好的，萝卜配排骨，西红柿炒鸡蛋，对不上的东西再耗多少年也没人把它们炒在一块。丛碧越发的不悦，道，你能不能让我好好吃碗面?!

母亲不再说话，只好起身去看电视了。

看了一会儿电视，母亲突然忧心道，裴勇俊突然爆肥，整个人都走形了，得想想办法才是。丛碧斜着眼睛道，那是你操心的事吗？母亲负气道，我倒是想为你操心，可你又不让。丛碧自觉无趣，便不再说话，不知不觉间把一整碗的面条全都吃下去了。

丛碧吃完饭，回到自己的房间倒在床上，这时记忆才稍稍有些恢复，可见刚才又饿又累还是次要的，关键是心灰意懒让她的情绪跌入冰点。现在回想起来，她是下午在腌制羊排的时候，厨房的门无声地开了，走进来的一个女人，美得杀气腾腾，不染红尘。照说叶丛碧也是在美人堆里长大的，但是这么超凡脱俗的美人她还真没见过。心想自己可谓有眼无珠，还在做大头梦，想不到庄世博的太太会如此美丽。

应该说芷言还是相当客气的，她说道，我见过你，你是电视台做饮食节目的，是不是庄世博专门请你来做西餐？丛碧点头称是，第一次体会到美丽也是具有震撼力和杀伤力的，人家并没有说什么，自己就先不自在起来。后来她们都说了哪些话，她已经完全不记得了，因为在气势上已是下风，再说什么又有多么重要呢？

做完了菜，丛碧如释重负道，我该回去了。芷言笑道，叶小姐，本来真该留你在这儿吃饭的，只是家有贵客，你留在这里不太方便，哪天我会登门道谢的。丛碧急忙摆手道，不用不用。然后几乎是连滚带爬地离开了庄家，还是芷言冲到电梯口，把她遗漏在配餐桌上的手机送还给她。丛碧不知何故，当即脸就红了，仿佛被人窥探到内心的秘密。幸亏这时电梯的门徐徐关上，否则她不知道自己还会出什么洋相。

一路上，丛碧的心情灰到了极点，她想，原来是一个钟点工休息，而她是另一个钟点工而已。人家小指一勾，自己就巴巴地跑过去，这哪里是献艺简直就是献丑。

晚上洗澡的时候，丛碧似乎是突然感觉到自己的不完美，莲蓬头下湿淋淋的身体，本来光滑细致的肌肤，天使加魔鬼般的惹火身材，竟然这一处或那一处都不如下午见到的那个女人，但又有些愿赌服输的意味，心甘情愿地觉得自己不如别人。这时再想起母亲的话，每一句都是千真万确的，哪有葱花配燕鲍翅的呢？

想一想，真是让人不甘心啊。

果然从此以后，庄世博没有给她打过一个电话。

七

叶丛碧心想，庄世博无论如何应该给她打个电话致谢才对，这样自己心里也好受些。但就真的没有，隔三差五来电话的还是胡川。

胡川要请丛碧吃饭，丛碧说不吃。胡川说，我又不吃你你怕什么？丛碧说道，我没有胃口总可以吧。胡川说道，那你就叫你男朋友陪你来好了，你胡哥哥我最拿手的就是化敌为友了。丛碧把他的话原装地说给净墨听，净墨说道，胡川这个人心毒手狠，你也犯不着得罪他，再说你还是鱼香肉丝的形象代言人。丛碧道，快别说了，想起这件事就恶心，满了合约，他纵是有天九翅我也不代言了。

丛碧问净墨道，你还敢陪我去吃饭吗？净墨笑道，那有什么不敢的。丛碧道，我的意思是这人不善，他若是能化敌为友的人，又怎么会叫人打你？净墨道，话是这么说，但他能笑话我没钱，总不能笑话我没胆。

定了一天晚上，丛碧和净墨来到胡川酒楼的包间，围着餐桌已经坐了不少人，动静很大地在聊着什么，丛碧一见，眉头就皱起来了，胡川看在眼里，但也并没有起身，只是大声地招呼丛碧和净墨进来坐，净墨坐下之后，他又夸张地说道，哎呀肉末，你额头上的疤到底是怎么回事？让我看看破相了没有。净墨笑道，男人有什么破相不破相的，还不是越糙越好。胡川大笑道，你说得怎么这么对呢?!

这时，有服务员推着车走进来，车上应有尽有，鱼、肉、海产品、豆制品，各色的蔬菜和菌类摆满了一桌子。胡川说道，我们今天吃火锅你看怎么样？净墨这才看见桌子中间有一口火锅，由于狂沸，看不清的汤料在里面急速地翻滚，大股的白烟直冲屋顶。

净墨答道，客随主便。

胡川又对丛碧说道，我们最近引进了野生食用菌，生意比原先更加红火，你不如帮我代言灵芝，我找专门的人包装打造，成为人见人爱的灵芝姑娘，保你名利双收。丛碧心想自己是来吃饭的，也不便得罪人，便道，还是鱼香肉丝吧，灵芝那么名贵的东西我也消受不起。胡川大度道，你也不着急答应我，想想再说。

胡川端起一大盘菌类，解释说，只听说过有老人头的皮鞋，还真没听说过老人头的菌类，但这东西就叫老人头，还真是从深山老林里空运来的，味道是少有的鲜美。他边说边把老人头倒进火锅，煮了好一会儿，亲自捞了两大块给净墨。

想不到的是，净墨只吃了一口，人就腾地一下站了起来，脸色憋得通红，张大嘴巴啊了两声，只差一口气上不来，便会倒地气绝身亡。丛碧急忙起身拍他的后背，令他吐出老人头才没有呛死。只见胡川一干人早已笑得人仰马翻，胡川喘着气道，我忘了告诉你这火锅里有七星椒，沾在老人头上吃下去如万箭钻心，部队里一个连的人也只能放半粒，否则就会辣死。丛碧顿时变了脸，杏眼圆睁道，好你个胡川，就知道你没安什么好心，你是不是想让他死啊。胡川仍大笑不止道，行走江湖，有的拼就拼，没的拼就闪，不闪还有什么办法，就去死吧！

净墨只能呛气，还是不能说话，丛碧拉起净墨道，我们走。

净墨当然不走，他气若游丝地叫服务员去拿两支大炮可乐，不仅要冰镇的，还要上原装的冰块，随叫随上。他对胡川说道，刚才我吃了半口，你也得吃吧？胡川当即愣住了，然而手下和丛碧齐齐地看着他，他没办法，只好也吃了一块老人头，立马脑袋上一圈细汗，脖子也紫了。

这顿饭下来，净墨的痔疮病犯了，拉血拉了三天。但听说胡川的日子也不好过，不但拉血，舌头也像被蜂王蜇了似的肿得老大，不过他对手下说，没看出来，肉末还算有种。

丛碧在净墨的住处给他熬白粥，劝慰他道，你这又是何苦？净墨笑道，我这是为名誉而战，与你无关，你不必内疚。丛碧道，胡川这个人，理他都多余。净墨道，可他缠上我们了，又有什么办法？我们当时若是走了，一辈子让他笑话，所以我想，他有钱，我有命，谁怕谁呀。

这件事之后，丛碧的内心很有些动摇，她想，净墨还真不是她的男朋友，尚能为她出头，这样的男人也属天下少见。就像母亲说的，找个心疼你的人，一样过日子。可是丛碧一想到周末在电视台大门口接送女主播的靓车，一想到台里的一个女主持过生日，她的男朋友包下五星级酒店的总统套房让大伙去狂欢，这样一比，净墨又给比没了。然而这一切都不算什么，最让丛碧无法释怀的是，她发现自己真的是喜欢上庄世博了，虽然只是一次交往，但她也不知是怎么回事，他从里到外透出来的全部信息无一不撩拨着她的心弦。

只有成功的男人，才会有这样的魅力。

丛碧忍不住还是给庄世博打了一个电话，但是他的手机关机了。

一天，正是下班时分，丛碧正准备离开，这时门卫打电话上来说会客室有人找她。丛碧去了会客室，见到的人是芷言。芷言轻描淡写地说道，她只是路过这里，顺便过来看看你。芷言的气定神闲总是会让丛碧手足无措，丛碧一时不知说什么好。芷言道，上次你做的菜真是好极了，世博和客人都很满意。说到此她话锋一转道，老实说，花多少钱来回报叶小姐都有些不当，所以我做主给你买了一款新提包，请你务必收下。

芷言拿出一只路易威登的新提包递给丛碧，是最经典的款式，只是多了两块偌大的金锁，既算装饰，也很牢靠，甚是高贵气派。

丛碧当然是爱名牌的，所以一见到名牌便一阵阵的心惊肉跳。她更没有想到眼前的这个女人不仅气象万千，而且收放自如，完全不是小女人，一见到她，叶丛碧就感到无所不在的压力从四面八方向她袭来，令她窒息。

芷言走了，她黑色的佳美车绝尘而去。女人之间也是有交往密码的，叶丛碧心里明白，她不是这个女人的对手，在这个世界上，没有人要占她叶丛碧的便宜，但她也休想人财两得。

丛碧转手就把新包送给了母亲，母亲问道，真的假的？丛碧用鼻子哼了一声，懒得回答。母亲打开包里外细看，翻出一张委任状般大小的发票，上面写着两万多元，顿时惊道，天哪，天哪，我可以提着它去接台湾来的费玉清。丛碧斜她一眼道，你又没有衣服配，还不是假的。母亲道，你不要口臭，以我的气质，不止一个人说我像官太太。丛碧道，像有什么用。母亲沉下脸来，道，不是你也嫌弃我了吧?！丛碧心想，我整个儿就是嫌弃我自己，哪点也比不过人家。

傍晚，丛碧去了净墨的住处，只见净墨采买了一大堆食品和半成品，摊得桌上到处都是。丛碧道："你这是干吗？"

净墨道："这几天老是吃粥，嘴巴里淡出个鸟来，只想吃点好的，要不然策划节目，什么也想不出来。"

丛碧道："你先别说吃的事，我有事要跟你说。"

净墨道："什么事这么严肃？"

丛碧坐下来，半天不吭气。净墨走到她的对面也坐下来，认真地看着她。

净墨道："是不是想起我的所作所为，特别感动？"

丛碧白了他一眼。

净墨道："那还能有什么重要的事?！"

丛碧一脸豁出去的神情，道："我想通了，就做你的女朋友，不过有个条件。"

净墨喜形于色道："你说吧，什么条件？"

丛碧道："你去想办法，把我弄到《都市写真》去当主持人。"

净墨笑道："可那个节目还没有我们饮食节目火。"

丛碧道："我不要那么火，只要做端庄的女主持，我不想认识我的观众见到我就笑。"

净墨道："丛碧你有所不知，笑才是当今的至高境界啊。"

丛碧道："我也不要那么高的境界，只想做新闻女主播，至少得一步一步地往那儿走。"

净墨想了想，道："这件事我还真是没什么把握，主要是负责人事的那个女副台长，荤素不吃，总之别人都是地痞无赖，就她一个人是党的好儿女。有人背后说就是把伟哥煮成粥来喝，也顶她不顺。"

丛碧道："我不管那么多，你去跟她睡觉，也要把我弄到《都市写真》去。"

净墨临危受命道："既然这件事对你这么重要，我就去试试吧。"

说完了这番话，丛碧自己倒先松了口气，心想，总算是把自己给托付出去了，将来再碰到什么鬼，也只当自己是泼出去的水，不再烦恼。

这个晚上，丛碧和净墨就像过节一样，两个人一块做了好多菜，放了满满一餐桌。用丛碧的话说是吃不了，看着也富足。净墨忍不住问她，你不是受什么刺激了吧？丛碧气道，你才受刺激了呢，你们全家都受刺激了。

丛碧做完菜，刚刚洗完手，净墨便递给她一个玻璃杯，丛碧道，这是什么？净墨道，是柠檬蜂蜜水，解油烟气的，要做了这么大一堆菜，烟熏火燎，哪还有什么胃口。

丛碧喝了一口水，果然是清新甘甜，可她只喝了一口就喝不下去了，她放下杯子，眼泪突然流了下来。净墨惊道，你这是怎么了？丛碧一把抱住净墨的脖子，哽咽道，你干吗要对我这么好？我真是被你害死了你知不知道？

当晚，两个人开怀畅饮，喝了好多酒，之后相拥而眠。

有了爱情的滋润，净墨更加才华横溢，一下子策划了好几个栏目，都是色香味俱全成为电视台的抢手货。只是跟《都市写真》栏目组的头儿去讲叶丛碧调去的事，受到该栏目上上下下的一致抵制，跟最新版本的防火墙一样密不透风，栏目组都是这个态度，事情就到不了女台长那儿。写真组的理由是，在这样一个泛娱乐化时代，《都市写真》成为难得的一本正经的栏目，我们要像爱护眼珠一样地爱护它，叶丛碧是鱼香肉丝的代言人，烟火气十足，做饮食栏目形象搞笑，怎么能做《都市写真》这么严肃的节目？这就像叫敬一丹和吴小莉去介绍炒菜节目一样不合适。

听到这样的评价，叶丛碧数日里郁郁寡欢。

净墨劝慰她道，你也不必像死了老子娘似的，我们把饮食栏目做好，一样能报仇雪恨。丛碧眼皮都没抬道，说得容易。

净墨苦思冥想，决定给饮食栏目加上明星单元，取名叫做"猜一猜，谁来吃晚餐"。明星现身大众节目是想增添自己的人气，而大众见到明星则是不讲原则地追捧。总之这个做法试了几期，效果甚佳，一边是收视率节节攀升，一边是众明星趋之若鹜。由于是良性循环，饮食栏目越来越火，叶丛碧天天见明星，又能和明星互动，也算是眼珠吃冰淇淋，眼神更加清澈晶莹。丛碧心想，看来聪明而有才华也是男人的财富，说不定净墨就是一只绩优股，不仅能让她扬眉吐气，还能带给她意想不到的惊喜。

都市写真组的头儿找到净墨，劈头盖脸指责他道，你是不是给我们的节目下了氰化钾？怎么同样是你策划的栏目，饮食组就冲到了收视第一名，我们已经排到倒数第二去了？净墨道，天地良心，我真是使同样的劲儿做栏目，好坏也只能看它们自个儿的造化了。写真组的头儿说道，放屁，你一脸无辜地骗谁？早知道你被那个小妖精搞掂了。

净墨笑道，真不是这么回事，不过你倒是可以考虑把小妖精收编，说不定还能带旺你的栏目。写真组的头儿道，你休想，我们就是死梗了，也不会要她。净墨愣在那里，他想不出女人之间哪来这样的深仇大恨？

丛碧带净墨回家去见母亲，母亲说道，你们好好相处，将来结婚生孩子，我给你们带。丛碧自觉无聊，埋怨道，妈，你就不能说点别的。母亲道，别的？那就是一定要在报纸上登结婚公告，叫你那个死鬼爸爸见到以后想想我把女儿培养成人有多不容易。说到此，眼圈竟也红了，丛碧忙道，妈，你也是的，这么多年都过去了，有些事你怎么还是放不下？母亲有些落寞道，放下放不下的，这辈子也过去了。净墨当场表示，要想方设法让丛碧过上好日子。

净墨走后，丛碧多少也有点落寞，对母亲说道，妈，你这辈子是住不上大房子了。母亲想了想道，命里八尺，莫求一丈。

此后的日子岁月静好。

忽一日，丛碧的手机响了，手机里冒出一个鬼一样的声音，丛碧吗？我是庄世博。丛碧当即傻了，她曾经无数次地设想过假如这个人再一次出现，就把电话立刻掐断，什么都不说也算是以牙还牙。但其实事到临头，她根本做不到，除了一阵激动人心的狂喜之外，她竟然像老熟人那样说道，你回来了？

庄世博奇道，你怎么知道我出去了？丛碧道，这么久不联系，不就是出去了吗？世博道，是啊是啊，我去了欧洲考察，算起来也有个把月了。

庄世博约丛碧出来吃饭，丛碧这时恢复了些许理智，有些迟疑。世博显然感觉到了，说道，上次你到我家做饭，结果不辞而别，总得给我一个当面致谢的机会。丛碧想到路易威登的大提包，道，这么小的事，就别挂在嘴上了。世博沉吟片刻道，是不是我妹妹说了什么不礼貌的话？丛碧脱口而出道，你妹妹？那个人是你妹妹？

丛碧大喜过望，早已把净墨抛到九霄云外。

两个人约在红泥餐馆吃杭菜，丛碧本想回家换一身衣服，转念又怕动静大了，显得自己太过隆重没见过世面，于是决定就穿着牛仔裤赴约，头发也有些凌乱，看着却是自然天成。到了饭馆，庄世博已经在那里等她了，笑眯眯的像老朋友一样，丛碧心中一阵温暖，接着又是一阵感动。由此看来，爱情与付出其实并无干系，有的人一笑千金，有的人命如草芥，这也是没有办法的事。

丛碧点了几样小菜，每一款都颇合世博的口味。对于庄世博来说，美色自不在话下，但是知道自己心意的人却是不多，也许正因为如此，他的目光落到了这个普通女孩的身上，以致酿成大祸。

闲聊之间，丛碧听说庄世博已经跟他的太太分居。

她根本无法相信这一天发生的事情全是真的，所以把自己的手臂掐出了一道白印儿。

八

快下班的时候，庄世博经过郎乾义的办公室，办公室里没有人，电话铃却顽强地一声接一声地响着。庄世博已经走了过去，却又被铃声唤回头，他鬼使神差地走进郎乾义的办公室，拿起电话。

电话是城郊某派出所打来的。

放下电话之后，庄世博独自驾车前往。

事情很简单，派出所的民警打电话来，问该行有没有一个叫屈爱春的人？庄世博说有。民警说，那就过来领人。庄世博问，犯了什么事？民警说，嫖娼。庄世博惊着了，说不可能吧。民警不耐烦地说道，你先过来吧，过来了再跟你详细说。

屈爱春是信贷处的一个科长，人很能干，是郎乾义的红人，他叫民警把电话打到郎乾义的办公室，明显是希望郎乾义处理他的事，一定想不到这个电话被庄世博接了。

庄世博心里很明白，如果郎乾义像他判断的那样肯定有事，就不可能是独自一人包打天下，银行的关卡是很多的，关系和矛盾错综复杂，他要办成事就一定得有紧跟他的人。屈爱春这个人除了能干之外，还不爱说话，号称老虎钳也打不开他的嘴，郎乾义信任他是很可能的。

以庄世博的聪明，他马上意识到这是自己的一个机会，如果他把事情处理得好，只要屈爱春透出一点口风，他便能心领神会，找到郎乾义的软肋。

进了提审室，屈爱春坐在一张长条凳上，本来就灰头土脸的，抬头见到走进来的人是庄世博，整个人像电击了那样愣在那里。民警走后，庄世博找了个椅子坐下来，庄世博没表情道："说说吧，到底是怎么回事？"

屈爱春道："还是在一年多以前，别人给我介绍了一个女孩儿，看着挺清纯的，也就跟她在一起了，有过一次半次的，后来就不联系了。昨天晚上，突然接到派出所的电话，叫我来协助执行公务，来了就被他们扣下了，说那个女孩儿是鸡，我是嫖娼。我早就听说了，派出所一发不出奖金来，就去抓女孩子，供不出一两个男人的名字就不放人，没想到这种事落到我头上了。"

庄世博道："他们有什么证据吗？"

屈爱春的声音降了一调，道："我给那个女孩子留了名片。"

庄世博道："名片也有可能是地上捡的。"

屈爱春道："他们叫那个女孩给我打电话时录了音。"

庄世博无话可说，转身去找民警。庄世博道，一年半以前的事还算事吗？民警道，怎么不算？三年前的事若查出来，也跑不掉，如果是命案，这一辈子走到哪儿背到哪儿。庄世博道，问题是他并没有杀人啊。民警道，可是问题的性质严重啊，一个政府的工作人员干这种事，你觉得能原谅吗？庄世博急忙辩解道，他认识她的时候，她千真万确不是鸡。民警看着庄世博，像看外星人那样，道，那怎么认识他以后就变成鸡了？怎么就没变成贤妻良母呢？庄世博哑然，心想多说无益，便道，罚款是多少钱？民警道，五千块。庄世博拿出信用卡来，刷卡了事。

回程的路上，两个坐在前排的男人都不说话。

道路有些颠簸，人也跟着起起伏伏，犹如平静面孔下的心境。

好一会儿，驾车的庄世博才打破沉默道："这件事除了你知我知，不要再跟第三个人提起来，就当没发生过。"说这话时，他也依然是望着挡风玻璃前面的路。

屈爱春说道："谢谢。"

天色渐晚，回程的路又很长，庄世博便跟屈爱春聊起贷款处的一些事，屈爱春的回答总是非常简洁，简洁到就一两个字，而且没有一点庄世博想知道的东西。

回到家之后，庄世博坐在沙发上发怔。

芷言一声不响地走过来，坐在他的身边。世博谈及此事，芷言道，你做得很好啊。世博道，可是屈爱春好像并不识相。芷言沉思片刻道，有些时候，利益之交比所谓纯粹的友谊更坚固，它不可能在几分钟之类坍塌。世博道，可我也可以借力打力，谁都知道屈爱春是郎乾义的人，他做出这种事来，郎乾义脸上没光还是次要的，关键是他用人失察。芷言冷静道，怎么看郎乾义的才华和用人,那是上面的事,你跳出来,不是很可笑吗?世博不禁叹道,看来这个人还真是名不虚传的口紧。芷言道,屈爱春就是一辈子不背叛郎乾义,你都不能把这件事捅出来,那是会引火烧身的。

世博不语。

芷言道,有的人经不起别人对他坏,有的人经不起别人对他好,就看屈爱春是什么人了。说完这番话之后,芷言不再多言,她知道世博已经听懂了她的意思。

这件事发生后的两个半月,行里将提拔一批中层干部,在正科到副处的名单里,庄世博看见了屈爱春的名字。银行高层人员讨论这个问题时,郎乾义以不经意的口气,讲了屈爱春许多好话,世博由此可以判断出屈爱春绝对没有向他透露过进派出所的事。在这个会议上,庄世博一直也没发言。

直到王行长点了他名,王行长说,庄世博,你也说一说嘛。庄世博便说道,在这一次的骨干名单里,屈爱春的确是比较突出的一个。接下来,他也历数了屈爱春的一些优点,并且明确表态他是同意屈爱春晋升副处的。

在这期间,郎乾义一直看着庄世博,他有点搞不清庄世博到底想干什么。

其实庄世博想得很简单,既然中央政治局常委会的内容都可能外泄,那就不要谈行里这种几次三番强调纪律的人事任命会议了。谁说了什么,会通过任何人都无法完全知晓的途径传到当事人的耳朵里去。芷言的话他的确听进去了，既然那件事被他撞上，与其树一个劲敌，不如交一个朋友，许多人常常是吃不消别人对自己没有缘由的好。

有好几次，庄世博会在电梯里或者走廊上碰见屈爱春，他还是像以往那样跟他打招呼，就像什么事都没发生过一样。

一天，世博接到一个电话，电话是查宛丹打来的，说有事想跟他谈一谈。

两个人约在一间清吧，里面的人少，比较好谈话。宛丹说道："这个周末，我想把庄淘接回家，咱们一块吃顿饭，然后陪他出去玩玩，我不希望我们两个人的事对他有任何影响。"

世博没有说话。

宛丹又道："这个孩子本来就比较内向，所以我才会有这种担心。"

世博道："但我真的很不接受这种虚伪的做法，本来是有问题的婚姻，还要亲亲热热做出幸福的样子，有些事情孩子迟早是要面对的，我觉得对庄淘也应该坦然，因为我们只是分开，但对他的爱是不会改变的。"

宛丹神色黯然道："你觉得我们必须分开吗？"

世博叹道："我真的不知道还有什么路。"

宛丹看着自己的手指说道："那你觉得孩子应该跟谁呢？"

世博道："我想还是问他自己吧，随便他，我不相信我们俩有谁还会逃避责任。"

宛丹明显不快道："我上个礼拜去看他,试探了他的想法,你知道庄淘怎么说吗?"

世博抬起头来,神情有些紧张道："他怎么说?"

宛丹道："他说如果我们分开,他就跟着姑姑。"

听了这话,庄世博也愣住了,他的确没想到庄淘会这么说。

夫妻俩沉默了片刻,宛丹忍不住道："世博,你不觉得芷言在我们的家庭里介入得太多,也太深了吗?"

世博道："那倒不觉得,而且庄淘一直是崇拜姑姑的,他不懂事才会这么说。"

宛丹道："我不认为这是偶然事件,芷言跟我们的关系不正常。"

世博有些不快道："我们俩的事,怎么又把她扯进来了?"

宛丹不语,但内心已经失衡,所以她才会来找庄世博,希望他能正视这个问题。因为宛丹问过庄淘,知道芷言经常去看他,而且是点点滴滴地渗透,现在她完全在精神上占有了世博和庄淘。

宛丹觉得芷言这个人太可怕了。

但世博显然不会按照她的脉络去想问题,世博反而觉得,宛丹自己在感情上走私,现在对芷言有诸多不满,实在是有些过分。自父母亲走后,要不是芷言牺牲了许多个人利益,为了他的事业呕心沥血,他也不会有今天。就说芷言关心庄淘这一件事,她又何错之有?你查宛丹不感激她也就罢了,反过来还要耿耿于怀,这么做对芷言是不公平的。

就这样,谈话一开始就进入了僵局,结果自然是不欢而散。

临走前,宛丹说道,离婚可以,但是庄淘不可能跟着姑姑。世博道,这是常识问题,法院也绝不会那么判,只是我觉得你对芷言的态度有点奇怪,她可是人前人后都是说你好话的,就拿这次你离家出走来说,她也总说你隔段时间会回来的,王行长夫妇到家里来吃饭,问起你,她也说你出差去了,她始终是维护我们的,你作为嫂子,你又关心过她什么,而且她分担了我那么多工作中的烦恼,你为什么就不能容她呢。

宛丹不再说话,她早该想到,血浓于水。

晚上,世博感到有些气闷,于是给丛碧打了一个电话,直截了当地问她周末有没有空,能不能陪他到郊外走一走。丛碧什么也没问就答应了。

周末的晚上,下起了细密的小雨,似乎非常适合情人约会。为了避人耳目,世博和丛碧约在一个不起眼的地方,直到丛碧上了车,也并不知道到哪里去。庄世博问道,你就一点也不害怕吗?丛碧茫然道,我怕什么?世博道,这么黑的雨夜,又跟着一个陌生的男人上了车。丛碧带着一丝诡秘笑道,你都不怕,我又有什么可怕的?!

世博道，你又不知道到哪儿去？丛碧不经意道，你带我到哪儿去都行。就是这一瞬间的不经意，让庄世博做出了一个决定。

他们去了市郊的茵雨湖度假村。

该发生的事情都发生了，但是两个人的感觉都很好。

第二天上午，雨后的天气十分清新，茵雨湖静卧在一处自然山谷里，一眼望上去，湖面平静，波光粼粼，但因为一夜的细雨，直到上午洁白的雾气还没有散尽，于是远处的山峦和近处的亭台楼阁都变得朦胧起来，泼墨一般的写意，加之湖面还有天鹅和水鸟嬉戏，更像是梦幻中的仙境。久居闹市的人来到这里，不是醉氧便是醉景。

沉醉在幸福中的两个人来到湖边散步，走走停停间总有一点隐秘的愉悦在他们之间游移，内心也如湖畔的柳丝在春风春雨中飘摇。世博甚至都没有问过丛碧有没有男朋友，他当然知道，丛碧是不可能没人追的，不过这有什么重要吗？他在许多方面都有着足够的霸气。

美好的时光总是加倍地流逝，犹如滴水溶入沙漠，天色几乎是瞬间暗淡下来的。

在回程的车上，丛碧突然不怎么说话了。

世博问道："你在想什么？能告诉我吗？"

丛碧道："我想不到你是这么温柔的人，简直不相信这一切是真的。"

世博笑笑，只管开他的车。

丛碧道:"我觉得你妹妹好像不怎么接受我。"

世博道:"所以我才不把你带到家里去。"

丛碧道:"你怕她吗?"

世博笑道:"为什么这么问?"

丛碧叹道:"我还从来没有见过这么有威慑力的女人。"

世博正要说话,他的手机响了,电话正是庄芷言打来的,丛碧当即屏住呼吸,瞪大眼睛看着世博。

芷言问世博在哪里,为什么昨晚关机。世博推说有应酬,又说手机没电了。芷言停顿片刻道,你好好开车吧,我挂了。世博奇道,你怎么知道我在开车?芷言道,我不但知道你在开车,还知道你旁边坐了一个女人。世博笑道,芷言,你不是巫婆转世吧?!芷言道,我就是巫婆,还用得着转世吗。说完这话之后就挂了机。

芷言的另一个好处是不问,自这件事之后,她从没问过世博在跟什么样的女人交往,或者她觉得亲近美色,偶尔跟谁睡上一觉实在是男人的特权或特性,但谁知道她是怎么想的,总之她什么也不问,什么也不说,城府之深,连世博都不得不佩服。

雨季一过,便是艳阳高照。

天气猛地升温,人就是什么都不做也有些疲惫。中午吃完饭,庄世博决定在大班椅上养养神,然后把堆积如山的文件处理一下。这时候,桌面上的电话铃响了,电话是屈爱春打来的,这倒是让庄世博颇感意外,屈爱春说晚上想找他坐一坐。庄世博当然十分爽快地答应了，挂断电话之后，世博心想，你终于找我了。

这个感觉很好，犹如清凉剂一般令世博在这个萎靡的中午为之一振。

见面的地点也是屈爱春订的，是一家叫作云尚的茶楼，面积不是太大，但是装修得十分精致，小间里是清一色的花梨木家具，所以只要一进包间，随便一道茶，最便宜的也要七百多元，所以茶楼清冷得很，几乎没有人烟，但显然茶楼的主人要的就是这个效果。屈爱春订的房间叫叠泉，所以背景没有音乐只有水声。

庄世博来到这里时，屈爱春早已在那里等他。刚一进屋，屈爱春就毕恭毕敬地站了起来，庄世博急忙招呼他坐下。

小姐要走进来冲茶，被屈爱春婉言谢绝了，他自己亲自动手为庄世博冲好茶。

世博忙道："老屈，你真不用这么客气。"

屈爱春道："我没别的意思，就是想郑重其事地谢谢您。"

世博道："你谢我干什么？干部任命都还没批下来呢。"

屈爱春道："不管批不批，我都要谢谢您。"

世博也觉得屈爱春选的时辰是对的，如果任命批了下来，他再这么做就有点恶心了，庄世博甚至能接受大恶，却最不喜欢恶心的事。

屈爱春这时诚恳地说道："庄总，说句老实话，自从发生了那件事，我回去以后就把辞职报告写好了，说白了我不是你的人,也就不指望这件事能包得住,所以决定一有风吹草动就走人,因为这种事根本就解释不清。但是您的确是个正人君子,不仅信守诺言,而且还在我人生的重要关口……"

不等屈爱春把话说完,世博已及时扬起了一只手,他制止他道:"别再说了,我怎么听着跟悼词似的,而且,让你说这种话我都觉得难为你。"

两个人哑然失笑,庄世博开始一口接一口地品茶,并且连称这里的茶不错,屈爱春解释说,不光是茶好,关键是冲茶的水是几十公里以外的山泉水,还有茶壶要好,这个茶壶就是我从家里带来的,不是它贵,而是这个壶的紫砂都被我养熟了,所以冲出来的茶才会好喝。世博心想,一个大老爷们儿,出门喝茶还带个壶,可见他对自己的郑重其事了。

但其实,庄世博完全品不出口中的茶味,除了苦涩,既无甘甜也无清香,这显然是他的心境造成的,因为他十分清楚,屈爱春约他出来,绝不会仅仅是为了感谢他,或者跟他一块品茶,一定是另有话要对他说。

果然,一直在讲茶道的屈爱春突然话锋一转道:"庄总,我一直都在一线工作,每天在外面跑,道听途说的东西也不少,二十一世纪大厦的事因为当时闹得沸沸扬扬,我也就留意了一下。"

二十一世纪大厦的确也是庄世博的一块心病,由于当初的争议颇大,使这件事变得只能好,不能坏,否则就变成了爱出风头的庄世博极其个人化的政治秀，这既是官场之需也是仕途大忌，全看当事人的造化了。所以屈爱春稍有停顿，庄世博便立即抬起眼皮，目光如炬地盯着他。

屈爱春见状，仍不慌不忙道："最近我听说泰核公司出现了意想不到的人事震荡，庄总应该心中有数才好。"

这当然是一句点穴的话。

庄世博心想，当初他对泰核充满信心，取决于泰核是内地较早实现股份制改造和上市的公司之一，拥有五十四家附属和联营公司，业务遍布十几个领域和全国各地，泰核老总的为人也相当成熟、老辣，是一个说一不二角色。

如果真的是像屈爱春说的那样，公司出现了内部问题，也还是会让庄世博甚感忧心的，因为谁都知道国内的公司并非优质制度和管理之下的产物，而恰恰是依靠个人的绝对权威和统治地位而生存和发展的。这样一来，公司人员的内讧就极有可能成为"非典病毒"，让人完全束手无策，看着公司顷刻间土崩瓦解。

那么二十一世纪大厦的贷款怎么办？如果一场秀呆掉了一笔国家的巨资，这是无论如何也说不过去的。

庄世博当即惊出了一身冷汗。

九

叶丛碧决定离开如日中天的饮食栏目。

星期天的晚上,世博把丛碧送到她家的楼下,然后驱车离去。丛碧站在斑驳破败的旧楼房前面定了定神,虽说那种感觉多少有点像十二点钟以后回到贫民窟的灰姑娘,但美丽的心境依然和王子在一起,没有片刻的分离。丛碧哼着"死了也要爱,宇宙毁灭心还在"进了家门。

她愣住了。

家里坐着母亲和净墨,他们像等待开会那样神情严肃地看着她,显然,一辆奥迪车把她送回来的情景已被他们在楼上尽收眼底,他们在等待着她做出解释。

叶丛碧像个逃学的孩子那样,不敢坐,也不知道该说什么。

净墨道:"他是谁?你跟他到底是怎么回事?"

丛碧的眼睛始终看着地板,歉疚道:"对不起,我知道我太过分了。"

净墨恨道:"你还知道你很过分啊?你知道我给你打了多少电话吗?为什么关机?我们都快报警了你知不知道?!"

丛碧一言不发。

看得出来,净墨一直在克制自己的情绪,但他的脸色还是铁青,胸脯一起一伏。

丛碧的母亲见状,当然也只能埋怨自己的女儿,她对丛碧说道:"你这个孩子也是,怎么能见了好车就上?现在社会上多复杂,万一别人把你拉到野外杀了怎么办？"

丛碧气道："妈，你又不了解情况，瞎说什么。"

净墨抢白她道："我们当然不了解情况，你跟我们说了什么？你又对我们有过什么交待？这段时间就只看见你像丢了魂似的，问你又说没事。"

丛碧又不说话了。

净墨调整了一下自己的情绪，尽量平静道："你说吧，我不管他是谁，你就说你是不是真心喜欢他了？"

丛碧小声道："我不是喜欢他，我是疯狂地爱上他了。"

净墨拍案而起，声音嘶哑地喊道："那我呢？你想过我没有？我怎么办？我是不是专门用来背叛的？！"

说完话，净墨摔门走了。

屋里突然静了下来，丛碧和母亲面面相觑。母亲说道，你干吗要这么跟他说？他会受不了的。丛碧有气无力道，长痛不如短痛。母亲道，到底怎么回事？你也跟我说说。丛碧道，我累了，再说这事八字还没一撇呢？母亲惊道，什么？没一撇的事你就敢在外面过夜？丛碧道，妈，只有你们那一代人才会觉得处女最值钱。

说完这话，丛碧回了自己房间，她的母亲站在客厅里发怔，她想，当初她跟丛碧的爸爸结婚时的确是如假包换的处女，但结果怎么样呢？！

第二天上班，丛碧在台里见到了净墨，两人形同陌路。

录节目的时候，净墨也不说一句题外话，拍摄区的灯光一灭，他就在最短的时间内消失了。

丛碧去了休息室，要了一杯咖啡，看见净墨也拿了一杯咖啡，独自一人倚窗而坐，便走了过去，在他的对面坐了下来。两个人干坐了一会儿，不过净墨看上去神色平静，丛碧才小心翼翼道，净墨，你会离开饮食栏目吗？净墨道，不会。丛碧更加小心道，谢谢。净墨道，不过你还是离开饮食栏目吧。丛碧道，为什么？净墨道，《都市写真》的收视率还是排到倒数第一去了，他们跟我说愿意你过去，而且也做通了上面的工作。

丛碧一时不知说什么好。

净墨道："你也不必内疚，我是过来人，又睡了一觉，已经没事了。我仔细想了想，我们之间的爱情虽然短暂，但也算真实地存在过，而且挺美好的，尤其是你好，从来没让我为难，也没有跟我要过任何东西。"

丛碧道："我不是什么好人，也不是不想跟你要东西，只是你什么都没有。"

净墨的脸上有点挂不住，道："那他给了你什么呢？他是不是比胡川还富有？"

丛碧道："他什么也没给我，但是给了我安全感。"

轮到净墨无话可说。

丛碧道："净墨，是我对不起你，你把我忘了吧。"

净墨道："你还是去《都市写真》吧，我不想再见到你。"

说完这话，净墨起身走了。丛碧给晾在那里，心里也不好受,她想起净墨为她做过的一切,虽说他们之间不是惊鸿一瞥,天摇地动的爱情,但是看到他的背影远去,仍然有一种仿佛只有失恋之后才有的怅然。

叶丛碧去了新栏目,正如她想象的那样,新栏目上上下下的人都不怎么搭理她,女编导也不给她派什么具体的任务。丛碧心想,反正自己是买一送一搭配进来的,也只好暂且忍耐。但这样时间长了,怎么也不算一回事。于是斗着胆子去找女编导,问她什么时候给自己派活儿。女编导板着脸说道,你先熟悉情况嘛,整个栏目的情况都不熟悉,给你派了活儿,搞砸了怎么办?这可不是跟明星切磋厨艺,打情骂俏。

丛碧碰了一鼻子灰,也不便说什么,只好仍如没头苍蝇一般一会儿东一会儿西地瞎跑。后来她听说女编导背后跟人说,叶丛碧才来了几天啊,就想露脸,她以为她是谁呀?周星驰还拍了六年没智商的少儿节目呢,谁的名和利不是熬出来的?!

这些话让丛碧更火了。

一天中午十二点钟,女编导按照净墨的想法,铺出去的数十条线报终于开始起作用了。其中一个线报第一时间告诉栏目组,有一个追讨欠薪的农民工爬上了市中心立交桥上的巨幅广告牌,消防车、120警车和平面媒体的记者把那里围堵得水泄不通,造成整条环市路大塞车。女编导一听到这个消息,眉毛、头发全都竖起来了,大叫该着我们《都市写真》不死,凡是喘气儿的都跟我来,咱们不开车去,到大街上去招摩托车,摄像先去,我们随后就到。

这时的叶丛碧也兴奋起来,心想,该着我叶丛碧也不死,大好机会从天而降。因为她知道组里的另一个主持人今天休息,无论如何是赶不过来了。丛碧动作迅速地从包里拿出粉盒,往脸上狂扑了几下。

这时女编导的声音在她的身后魔鬼一般地响起,叶丛碧,你留在办公室守着报料电话,随时跟我联系。丛碧愣在那里,傻了。女编导的脸上出现了少有的耐心,说道,从来祸不单行,万一别的地方又出事了,那我们《都市写真》的收视率岂不是出现井喷?!所以你必须留下来。丛碧忙提醒她另一个主持人休息的事,女编导微微一笑道,没关系,我上,在紧要关头,没有一个观众会挑剔主持人的年纪和长相。她镇定自若地拿过丛碧手中的粉盒,往自己的脸上扑了两下,又整理了一下头发,便像江姐告别完战友那样离去了。

办公室里顿时空无一人,只剩下叶丛碧和桌上的三部红色电话机。

丛碧一肚子的邪火再也压不下去了,她发短信给净墨,叫他速到《都市写真》来一趟。发短信时,她的手气得直抖。

净墨赶了过来,进门便脱口而出:"怎么就你一个人啊?"

丛碧恨道:"我正要问你呢?你到底安的什么心?把

我像垃圾一样铲到这里，又跟这里的编导合起伙来封杀我，你是这么策划的吧？！"

净墨道："你可别信口胡说啊，我只跟这儿的编导说，叫她好好关照你。"

丛碧翻了一个白眼道："她对我是挺关照的。"

净墨在办公室踱了一个来回，道："新单位难免欺生，一开始肯定不可能都是七星伴月，这也是你要改变形象必须付出的代价。"

丛碧被净墨的漫不经心激怒了，或者说，她已经习惯了被净墨重视，冷不丁从他口中听到风凉话，自然是一万个不适应，便以同样的口气不以为然道："也是我们俩分手必须付出的代价吧？"

净墨不说话，他有些激愤地看着丛碧。

丛碧只当他是默认，更加嘴狠道："告诉你吧，我一点都不后悔跟你分手，你也就是一个没有钱的胡川。"

话音未落，只听啪的一声，净墨已经一巴掌打在丛碧的脸上。丛碧雪白的脸上陡然出现了几道红印子，净墨也感到手掌一阵阵发麻，确切地说，他也不知道手是怎么挥上去的，伴着一声脆响之后，办公室里是死一般的寂静，两个曾经那么彼此怜惜的人也只是默默对视，谁也没有说话。

丛碧没有哭，更没有捂着脸饱含热泪，她只是神情冷漠地说道："净墨，我也不欠你什么了，从此以后你过你的桥，我走我的路。"

净墨没有说话，扭头离开了《都市写真》的办公室。

情何以堪？在这场情感中，也只有净墨强烈地感觉到爱之深，恨之切。他想，在这个世界上，但凡男女之情，就没有人是体面分手的。人要是真能各走各路，早就走了，谁还会等到今天，划深伤口，再撒上盐。

净墨一夜未眠。

庄世博也一夜未眠，不过这一夜，是在跟屈爱春喝完茶的那个夜晚。

当天晚上，世博就对芷言说，他必须第二天一上班就见到泰核公司的老总。芷言深思片刻道，泰核的老总是一个非常自负的人，如果真出了什么大事，他又没找你，摆明是要瞒住你，你什么情况都不了解，贸然地去了，他说公司风平浪静，你反倒没话说了。世博道，可我就这么闷干饭似的闷着，万一行里有人发难，我还一问三不知，岂不是更加被动？芷言坚持道，还是我们分头去了解一下情况，不忙着见人。

三天之后，芷言告诉世博，泰核公司的高层的确出现人事震荡，起因是一个姓曹的副老总，背地里联合某证券公司的几个少壮派，秘密通过股东委托授权，代表委托最大的四家股东发起《告泰核企业股份有限公司全体股东书》，直指泰核经营和管理中存在的问题，如业务透明度不足，盲目参股涉及的时髦行业无实效，房地产经营业绩欠佳，收购二十一世纪大厦是打肿脸充胖子，计划经济色彩浓厚，以及股权投资利润不稳定等等，总之点明了泰核的产业结构分散了公司的资源和管理层的经营中心，已经不能适应现代市场的竞争。

芷言说道，其实已经有经济学家和有识之士看出了泰核的表面风光，但实际上又深陷于多元化的沼泽里裹足不前的现实。而姓曹的副老总早在一年多以前，就曾经提过不少改革建议和战略规划，当然都没有得到老总的重视。这一次的联合行动，据说他伙同证券公司的少壮派暗中购买泰核六千万的股票，那么剑指泰核的真实用意就变成了通过炒作概念套取暴利，这不仅在内地股市是头一遭，也有"逼宫"的意思。

芷言的说法和世博了解的情况大致相似，但会更加细致，女人的特性就是注重细节，这对具有大江东去风格的男人无疑是一种至关重要的补充。

庄世博二话没说，立刻驱车赶往泰核公司。

果然，泰核的老总已经闭门谢客，把自己关在办公室里一天一夜了。秘书见到庄世博匆匆赶来，两人只对视了一秒钟，秘书就推开了老总办公室的门。

泰核的老总面容疲惫，看得出来他心力交瘁，但仍不失困兽特有的冷峻和余威。

庄世博道，碰到这种事，你第一时间就应该告诉我。老总道，告诉你有什么用？庄世博火道，有什么用？至少我为了自己的利益也不会看着你坐以待毙！泰核的老总仍旧冷漠道，这回没办法，我们可能同归于尽。世博道,怎么讲?老总道,对方说了,今天下午三点钟开始行动。

世博道,那你昨晚都做了什么?老总道,我在最短的时间内,联系到国内外的十一名股东,你知道我们的股东都非常分散,这也是我前段时间毫无察觉的原因。不过这一次,他们都愿意跟我同进退,当然我对他们的承诺和保证也将付出极高的成本。但是目前,泰核最大的国有股的股东刘喜铭成为最关键的一票,如果他退出倡议,整件事才可能胎死腹中。

世博忙道,那你联络到他了吗?

泰核老总叹道,打电话是举手之劳,但是刘喜铭既然联手进了倡议书,他为什么要退呢?我手上又没有牌说服他退,也就是说,联络到他我说什么?

庄世博哑然。

两个人开始抽烟。庄世博心里知道,泰核老总所说极是,刘喜铭这个人原则性很强,而且不苟言笑,拒人于千里之外,是一个固执有余圆通不足的人,如果泰核的老总贸然地把电话打过去,不仅于事无补,还把饭做夹生了。

庄世博虽然也有一些人脉关系,但在步步为营的前辈面前,还是生瓜蛋子,并非一言九鼎。所以此时此刻,世博倍感心有余而力不足,想到他自己的人生计划是在四十二岁以前当上国有银行的老总,在银行界成为举足轻重的人物,看来还真是任重道远。他想来想去,能做的只是再点着一支烟。

中午将近十二点钟的时候,庄世博的脑子里突然灵光一闪,他整个人弹了起来,只对泰核的老总说了一句你等我的电话,就旋风一般地离开了泰核公司。

世博冲进王行长的办公室,便与正在往外走的一个计划处的女处长撞了个满怀,女处长手上的文件撒了一地。王行长眉头紧锁,看着庄世博和女处长一块捡文件,并把女处长送出门去。王行长用手指敲着桌子,气道,毛手毛脚的,你像个什么样子?世博急忙把十万火急的事向他做了汇报,世博最后说道,王总,我记得您跟刘总是有点交情的,而且也没有人敢驳您的面子。王行长顿时火道,那我就应该给你打这个电话吗?

庄世博低下头去,不敢做声。王行长又道,打个电话容易,但是这么做是非常违反我的做人原则的,现在谁心里没有一本人情账簿?再讲原则的人也有,我要当好这个行长,根本不是什么政绩问题,就是不能欠人情账,到时候都要还。一年半载以后,人家来贷款你贷不贷?人家要把儿子女儿安插在国有银行你插不插?如果当初这件事你向我做了汇报,我们把事情想得周密一点,能像今天这么被动吗?!

庄世博道,泰核的曹副董一直是反对收购二十一世纪大厦的,如果泰核的掌门人真的有所变动,我怕这笔账就呆了。王行长拍着桌子道,你说得对,这就叫一着不慎,我们反倒给泰核牵着鼻子了。

庄世博再不敢多说一句话。王行长踱到窗前，余气未消道，你出去，立刻在我眼前消失。世博灰头土脸地退出王行长的办公室，他没有走，只是靠墙边站着，路过的行里的工作人员都有些奇怪地看着他。庄世博顾不得这些，他想，以他对王行长的了解，只要他发火，事情反而有救。

果然，王行长在权衡利弊之后，拿起话筒，拨通了刘喜铭的电话。

半个小时以后，有人进王行长的办公室送文件，提醒行长庄副总在外面站好久了，王行长说，就让他站在那儿。

十

下午三点钟，泰核的老总准时到达和曹副董搞联合行动的某证券公司总部，向他们提交了刘喜铭的公司正式退出倡议行动的声明正本。并向股票交易所申请停牌，为的是争取时间，阻击对方老鼠仓将给公司造成的巨大损失。

刘喜铭顿时成为众矢之的，这种出尔反尔的做法显然是商场大忌，面对各方剑指，刘喜铭只得召开记者招待会收拾残局。他万般无奈地解释，本公司的确是对证券公司的认识不够专业，所以轻率地做出授权委托，这话无疑是自扇耳光，面对媒体记者咄咄逼人的提问，刘喜铭除了郑重承认是自己的处事不慎之外，再也找不出第二句妥帖、到位的解释，便临时宣布泰核老总为该事件新闻发布会的全权发言人，之后便突出重围，迅速地离开了现场。

泰核的股票连续停牌四天，加上双休日共计六天，市场对泰核之争的内幕已经充分消化，复牌后，对方炒家折戟沉沙，凶险就此避过。

经过这次历练，庄世博从中得到的领悟显然大于他的兴奋，再一次品味王行长让他面壁思过的个中甘苦，可谓百感交集，王行长后来对他语重心长地说，什么是中国特色？这四个字就称得上博大精深。以前，庄世博对王行长的中庸之道颇不以为然，现在才感觉到恰到好处和炉火纯青的真正含义，而自己与这种境界相差甚远。

这时候庄世博只想喝酒，不想见任何人。于是他给叶丛碧打了一个电话，约她晚上在江户时代吃饭。

江户时代是一个日本料理店，除了一个并不大的厅堂之外，单间都开辟得比较隐秘，给人一种安全感。

想到丛碧，世博觉得她还是蛮懂事的，只要他不打电话，她从来也不会主动给他来电话，丛碧的解释是，你的工作压力比我大，并且一语带过，不再多言。相形之下，庄世博就会感觉到宛丹是一个沉重的女人。

他想，如果是在过去，他是不会喜欢叶丛碧这样的女孩子的，他怎么会不知道她有心计和渴望呢？但是现在不同了，他更需要的是轻松和体贴，甚至有一点过后不思量。而这一切，都是查宛丹所不能给他的。像宛丹这样的女人可以有一千个一万个优点，但却有一个共同的缺点永世无法超越，那就是较劲，跟自己，跟别人，跟万事万物，或者说较劲已经成为了她们的生活方式。

丛碧如约来到江户时代。

她点了菜，并且点了一种清酒，叫做一滴入魂。

世博笑了笑。丛碧敏感道，你笑什么？世博道，你一会儿西施舌，一会儿一滴入魂，你这不是要我的命吗？丛碧脸红道，它就叫这个名字嘛，我有什么办法？不然就喝上善若水吧？世博道，不，我天生不是什么善人，银行家从来都是做锦上添花的事，雪中送炭的是红十字会，我还是喝一滴入魂吧。

世博又问丛碧最近过得怎样？丛碧说很好，只字不提受到冷遇的事。她想她真的是爱上庄世博了，否则为什么会纵是有千斤的担子都只叫净墨一个人挑，自己不想有半点负担还要跟他发脾气，但她明明知道庄世博的能力了得，却就是不肯麻烦他，生怕稍有闪失，眼前的这个人就不翼而飞了。

酒菜由身穿和服的侍女送了进来，丛碧道，你今天到底是高兴还是烦闷？世博道，有什么说法吗？丛碧道，高兴就喝冰酒，烦闷还是把酒温一温。世博道，那你说我是高兴还是烦闷？丛碧道，都有一点。世博笑道，那怎么办？丛碧道，那就喝慢一点。

于是两个人推杯换盏喝了起来，很是尽兴。

人说，最危险的地方有时是最安全的地方，但似乎从来没有人说过，最隐秘的地方又往往是最容易暴露的地方。正如这个晚上，世博和丛碧并不知道在江户时代的另一个包房里，芷言正在跟她的教研室主任吃饭。

教研室主任是一个看上去温文尔雅又不失厚道的人，他找芷言吃饭，中心意思是说，新一轮的评职称的工作开始了，但却仍旧不见庄芷言把个人的材料报上来，他觉得很奇怪，为什么在大学里工作的人，都不重视自己的职称问题？芷言笑道，也没有什么特别，只是害怕那种激烈的竞争降临在自己头上。教研室主任说道，无论怎么竞争，你的条件都够了，只是一个走过场的问题，再说，政治教研室也是有公正可言的。芷言道，算了吧，我一周只上两节课，又有一份工资，也就不求什么了。接着又道，我就是要看一看，没有职称，在你的教研室还能不能混下去。教研室主任有些不快地说道，你不要这样说，谁不知道不食人间烟火也得有点本钱才行。

芷言当然知道，教研室主任约她出来吃饭，绝不是单纯为了关心她的职称问题，这年头从来都是僧多粥少，不抢的人自然就什么都没份儿，谁还会来喂你不成？只是这一回，她不评职称，教研室主任后面的话就堵在嘴里了，而芷言知道，教研室主任的儿子研究生毕业都大半年了，一直找不到合适的工作。

于是，她干脆直截了当地说道，主任，我听说你有一个相当优秀的儿子，如果不麻烦的话，你把他的简历给我一份，放在银行工作就有点太明显了，正好有大的合资公司叫我推荐人才，把你的儿子介绍过去，我不是也很有面子吗？

主任自然是喜笑颜开，忙道，不麻烦，不麻烦，我明天就能交给你。

结账的时候，芷言死活把账单抢过去了，坚持付了账。她说道，主任，这么长时间我都受到你的照顾，一直都想请你吃饭，只是觉得俗气，今天也算是你给了我一个机会。主任忍不住叹道，芷言啊，只可惜我给你提供的平台太小了，别看你没有职称，但你才是一个真正能搞政治的人。

芷言笑道，你这是夸我还是骂我？主任道，当然是夸你，小肚鸡肠，工于算计的人怎么能搞政治？政治才最需要大气呢。

芷言是在停车场看见世博和丛碧的，当时她跟教研室主任分手之后，便去了停车场，坐上车后刚要发动引擎，便看见庄世博和叶丛碧两个人均是满面桃花，也许是喝高了便有点忘形，所以动作有些过于亲热地走了过去。

由于担心世博醉酒驾车会出什么事，芷言决定开车跟在他的后面，果然世博的车开得左右摇晃，他先把叶丛碧送回了家，然后打道回府。

庄世博上楼以后，芷言又在车里坐了好一会儿才回家。

第二天是星期天，世博起来的时候，芷言已经做好了西式早餐，除了咖啡、牛奶和面包、煎蛋、火腿肠之外，还有一大盆新鲜的水果沙律。世博见状颇感意外，道，这么丰富的早餐。芷言道："对，我有话跟你说。"

世博铺好餐巾，轻松道："说吧。"

芷言道："你昨晚在哪儿吃的饭？"

世博含糊道："有一个应酬。"

芷言追问道："跟谁？"

世博道："是我们系统的人，你不认识。"

芷言道："我昨晚也在江户时代吃饭，我看见你们了。"

世博终于停止了享用丰富的早餐，脸色逐渐黯淡，道："你想说什么吗？"

芷言道："这件事你想瞒着我，就说明你知道跟她交往不妥当。"

世博道："我们是两个人，不可能高度一致，我知道你不喜欢她，所以不想引起争辩。"

芷言道："我是你妹妹，我不会嫉妒爱你的女人，但是叶丛碧真的不合适你。"

世博道："她不像你想的那样，你不要以为漂亮的女孩都贪慕虚荣，她就没跟我要过任何东西，甚至连暗示都没有，我们在一起很愉快。"

芷言道："那就更可怕，她要的是你这个人。"

世博道："就算是这样，也没有什么大不了的，每个男人的心底渴望，无非是红袖添香。"

芷言道："你错了，那是放弃功名的男人才这么想。"

世博道："那你说男人成功是为了什么？"

芷言冷笑道："你还没有成功，就不必先想成功以后的事。我告诉你吧，当官就是坐班房，如果你不想戒女色，就不用谈什么成功了。"

世博道："女人有那么可怕吗？"

芷言沉吟片刻道："每个人都是旁观者清，那你说郎乾义最终会输在什么地方？"

世博道："他倒不见得多么贪婪，或许是心胸狭窄吧。"

芷言道："没那么复杂，他就输在女人身上。"

芷言告诉世博，自从她从乔新浪那里得知郎乾义身边有一个神秘女子，她就以查他包二奶如此之低的门槛请了私人侦探去调查他，反正郎乾义的资料网上可以查到，拿到手是现成的。世博忙道，那你查到什么了吗？芷言道，很简单，这个女人姓顾，今年三十三岁，离异后单身，带着一个五岁的女儿。郎乾义非常喜欢精致乖巧的女人，据说交往之后有点神魂颠倒，顾小姐原来只是一个普通的文员，现在已经什么都不做了，算是专职二奶吧。于是艺凯集团公司马上投其所好，以换房的方式送给姓顾的女人一套价值九十六万元的商品房，但他们从郎乾义的手里拿到了一亿三千万元的贷款。据说郎乾义的老婆还知道这事，但是她为了名分选择了沉默。

庄世博愣了好一会儿才道："这件事你怎么从来没跟我说过？"

芷言道:"知道对手的弱点越少,越会警惕自己的言行。"

世博道:"那为什么现在又说出来了呢?"

芷言道:"就算是叶丛碧没有什么不好,但她是年轻漂亮的女主持,这一点就犯了众怒,在男女问题上你不要那么天真,所有的人都会认为,你既然选择了美色,就意味着愿意让出位置。"

世博没说话,但是他放下刀叉,彻底不吃了。

芷言道:"所以说,丰富的早餐可以吃得索然无味,柔情似水又如何呢?!"

世博突然火道:"你不要再说了!!"

星期一上午的例会,庄世博看上去有些萎靡不振,这也难怪,这些年来,他和庄芷言可以说在任何问题上都没有分歧,但是这一次,他必须承认,芷言的话让他很不舒服。

也就是在这个会议上,郎乾义提到了泰核公司险遭剃头的遭遇,他以一个知识分子的耿直的姿态批评庄世博为二十一世纪大厦擅自贷款的事,事实上已经造成了不良后果,使国有银行充当了不该充当的角色。幸亏庄世博心里早有准备,才不至于张口结舌,反而出乎所有人的意料,他在会上做了深刻而诚恳的检讨,希望大家引以为戒。

屈爱春的脸上始终都没有表情。有句话说得没错,不到最后一分钟,复杂多变的人事关系是根本无法确定的，也就谈不上什么尘埃落定。

在谈到巨额贷款的问题上，郎乾义坚持要给艺凯集团公司继续贷款，而且数额巨大，他的理由是艺凯公司目前所打造的健康城，做过大规模的市场调查，前景非常可观。但是庄世博立刻提出了异议，庄世博说，在开发健康城之前，艺凯集团公司曾经涉足的两个别墅群，都有不同程度的不良资产和烂尾，如果继续贷款，有可能造成贷款黑洞。庄世博提出要重新审查艺凯集团公司的财务状况，对于问题贷款的唯一做法就是立即止损。

郎乾义道，众所周知，"放水养鱼"也不失为一个收回贷款的良策，一个企业做得越大，它就越会注重信誉和企业形象。庄世博则坚持面对高风险客户和高风险用途，继续放贷是将错就错，已经违背了银行家最起码的审慎理念。

由于两个人的观点针锋相对，所以争论也非常激烈。

最后，王行长制止了他们的争吵，王行长说，有关艺凯集团的贷款问题我们另案处理，今天的会议还有许多议项，不要在这件事情上吵那么久。

例会开到将近一点钟才散会，会后，郎乾义没有离开会议室，庄世博也没有走，似乎两个人都觉得有未尽事宜。待会议室里只剩下他们两个人以后，郎乾义道，庄总，我真不想跟你发生正面冲突，我知道全行的眼睛都在看着我们，我们俩的矛盾越是白热化，空降一个新行长的可能性就越大。庄世博道，你想说什么就直说吧。

郎乾义不客气道："我想说的是，你别一口一个银行家的，其实我们心里都明白，以中国现有的体制、状况，能出什么真正意义上的银行家?!"

庄世博道："那我们就应该自己挖个金融黑洞，然后自己往里面跳吗？你不觉得这个逻辑太奇怪了吗？"

郎乾义道："我不想跟你扯那么远，但是我告诉你，不要阻挠艺凯集团公司贷款的事，这家公司的背景了得。"

庄世博冷笑道："我还就不爱听背景这两个字，要不社会上也不会一下子冒出来那么多骗子，就算我不问虚实，万一真出了事，你以为背景上会伸出一只手来拉兄弟一把吗？"

郎乾义火道："我告诉你庄世博，我不是在这里跟你对台词、演话剧，你不爱听背景这两个字我也还是要说，你以为你是谁呀？你以为你有能力有才华就可以谁都得罪？更可笑的是你在这种所谓的坚持真理中都不知道得罪了谁。再说了，谁没有能力？谁没有三拳两脚能走到今天？但是这一切根本就不可能改变什么，金融业一路走来，谁不知道四大国有银行的不良贷款中有相当一部分是政治交易的结果，这就是你和我都无法回避的现实。"

庄世博道："我不否认中国银行业的制度缺陷和人性弱点一直在相互作用，甚至可以说，用贷款换取行政级别也算是潜规则之一了。但是，你不要忘记，伪银行家一个个中箭落马也同样是我们无法回避的现实,难道我们一定要到了他们那个地步才悔不当初吗?而且老郎,我也想跟你说一句推心置腹的话,"这时,庄世博停顿了一下,才接着说道,"千万不要为了女人利令智昏,这是前车之鉴。"

也许就是这最后一句话惹恼了郎乾义,令他大为光火,他的脸色一阵青一阵白,但是语调却比刚才平和了许多,郎乾义道:"庄世博,你不要做出一副自命清高的样子,好像一谈女人,你就格外干净似的,你以为别人不知道你在外面作秀,同时还有另外一个你在仕途上神出鬼没,铺路搭桥是吧?!你平常做出一副夫妻恩爱的样子,背后带着其他的女人去茵雨湖度假村,你以为别人都不知道是吧?!"

庄世博当即给噎在那儿了。

等他回过神来,会议室里已经空无一人。庄世博看着王行长刚才坐过的那个座位,不禁陷入了沉思。

十一

中午,净墨在办公室一边吃盒饭,一边看元人忽思慧的《食疗方》。女编导走过来说道,我看治病的事就算了,别再惹出官司来。净墨笑道,你怎么那么多的盛世危言?女编导道,报上说,有一个人听说古埃及的女人为了永葆青春,把金丝埋在脸皮下面,他就买了九块钱的金丝,埋在了自愿交了一万二千块钱的一个女人的脸上，结果发炎了，现在追究刑事责任呢，保不住算谋杀。净墨更加开心道，都说现在的人比猴还精，怎么会有这样的傻子？可以得诺贝尔傻子奖了。

女编导道，所以说啊，现在的八大菜系还不够我们说的？又有那么多明星捧人气场，连台里的新闻女主播都想来客串一把呢，还用翻老祖宗的书吗？净墨道，做节目要有远见，现在的人对养生之道都有兴趣，我看了一款萝卜粥，有消食、理气、补虚的作用，又便宜又养人。

两个人正在商量着食疗的节目怎么做，这时，净墨的手机响了。

电话是胡川打来的，胡川道，哥们儿，好久不见，我还真想你了，晚上我请你吃饭，有话跟你说。净墨道，可我跟你没什么可说的。胡川道，来劲了是不是？别不吃敬酒啊，下了班有车在大门口接你。不等净墨回话，胡川已经挂断了电话。

净墨知道，胡川找他，准没有好事。听说这个家伙最近一段时间，利用各种手段，把川川酒楼附近的大小饭铺统统吞并，整体重新装修之后，门脸雕龙画凤，还专门买了金粉，请人骑在上面一点一点地涂抹，看着格外喜气，生意也更加红火了，刚才听到他的声音，就知道他膨胀得不行。

下班以后，净墨在大门口果然看到了胡川的奔驰车，没办法，他只好上了车。

这一回，胡川倒是好酒好菜地摆了一桌子。净墨垮着一张脸道，有事说事，要不然我也吃不进去。胡川笑道，好好好，有气魄，要不是为了争一个女人，咱俩没准儿还真成哥们儿了。净墨用鼻子哼了一声，他这辈子顶烦顶烦的就是胡川这种人，心想，我就是再投八次胎，也不会跟你是哥们儿。

胡川并不知道净墨心里是怎么想的，他这个人手面宽，所以别人都会给他几分薄面，他就误以为自己是世界上最受欢迎的人。眼下，他得意洋洋地把一只手搭在净墨肩上，故作几分神秘道："净老弟，你知道叶丛碧参加过选美吗？"

净墨把胡川的那只手从自己的肩头呼拉掉之后，一脸不耐烦道："参加过选美又怎么了？难道参加过选美的人就一定整过容、隆过胸？就一定跟男人睡过？或者就一定有黑金交易是不是？再说叶丛碧又不是什么冠军，你收集她的丑闻，有意思吗？"

胡川道："你急什么？你听我把话说完嘛。你知不知道叶丛碧选美时跟主办方签了一份四十多页纸的合同？当然也不是她一个人签了，几乎所有的女孩子都签了。"

净墨不动声色道："签了又怎么样？"

胡川道："这份合同里，有她们自己写的身世，而且讲明是主办方的公司买断的，以后可以当成原始资料编进影视剧，本人不得反悔。"

净墨看着胡川的眼睛，等待着他的下文。胡川的眼睛里有果子狸眼中才有的绿光。

果然，胡川又道："我告诉你吧，现在她的这份合同在我手里，是我花了大价钱买来的，只要我高兴，就请个枪手好好编排一下，保准让她臭遍一条街。"

净墨气道："胡川，你还要脸不要脸啊？叶丛碧又不欠你什么，人家不喜欢你你就这么干，你还算个男人吗？"

胡川道："我怎么不算男人？男人就是心毒手狠，我不这么干她不知道我的厉害！要说你算不算一个男人还是个问题呢，有本事你把这份合同从我手里买回去。"

净墨火道："谁拿住谁还不一定呢，你既然这么喜欢叶丛碧，你就回家离婚，我保证劝她嫁给你。"

胡川道："那不行，离婚太麻烦了，而且我老婆现在不知跟谁借了胆儿，把家里的门锁全换了，屋里备了两把菜刀，我只要登门就劈我，婚我是离不了了。"

净墨道："那你这不是欺行霸市吗？你凭什么非要人家跟你好？"

胡川道："她要什么我就给她什么，我就是喜欢她水豆腐一样的皮肤，还有碗口大小的腰，不把她弄到手我要那么多钱干什么？"

净墨道："你要是胡来，她还怎么出镜啊，人家可是公众人物。"

胡川笑道："你知道就好。"

净墨起身道："我当然知道这件事的严重性，不过我不在乎。"

胡川道:"真的不在乎?"

净墨道:"真的,不出镜就不出镜,日子还不是照样过。"

说完这些话,净墨饭照吃酒照喝,就像什么事都没发生一样,胡川还想把话题往沟里引,净墨不仅不接他的话,反而反客为主道,吃吃吃,使劲吃啊,就像到自己家一样。搞得胡川和他的一帮手下都没吃好,心说这里到底是谁家啊?净墨倒是吃得痛快,然后故作潇洒地离去。

第二天上班时间,净墨到《都市写真》去找丛碧,丛碧在录像棚里赶制节目,他也只好在外面等待。净墨点着一支烟,站在楼顶平台上一边抽一边眺望远方,内心甚感荒凉,他知道自己很没用,自上次吵翻之后,他还是不可救药地去找了《都市写真》的女编导,他直截了当地对女编导说道,赶紧给小妖精安排播出,让她出镜吧。女编导撇了撇嘴道,怎么了?还说没被她搞掂,心痛她了?净墨道,我哪里会心痛她?我简直就是心疼你。女编导推了他一把道,屁。净墨道,真的真的,你都不知道别人在背后怎么说你。女编导有点心虚道,说我什么?净墨道,说你为老不尊啊,脸上的褶子波浪滚滚都可以养热带鱼了,还争着抢着上镜头。

女编导火道,不可能,我问了好多人,都说我上镜不错,属于智慧型的资深美女。净墨道,那些人的话你也信?你不知道现在的世界是颠倒众生?是就是不,不就是是,夸你就是骂你,骂你就是夸你。女编导一下给说糊涂了,十分警惕地盯着净墨,话虽然没问出口,但已是满脑门的问号。净墨道,你看着我干吗?往好里说,人家这么夸大其词地夸你,也是很可疑的,还不是想把你夸得不自信了,然后就开始反思。你仔细想想,是不是?女编导无话可说,翻了个白眼道,算你狠。

叶丛碧第一次出现在视屏上的《都市写真》栏目里,是在一个凶杀案的现场。应该说丛碧表现得非常好,她淡妆素服,神情沉稳镇定,在这样严肃的栏目里显得分外端庄、秀丽。就连净墨都不得不承认,她离整点新闻女主播的宝座也只有半步之遥了。

尽管,自《都市写真》栏目紧贴社会风云,连续报道了农民工讨薪,打击车匪路霸,拐卖婴儿等热点新闻之后,收视率已经止跌回升,但是说到底电视节目还是美女经济,无论是观众还是广告商,钟情于漂亮的女主持是一件显而易见的事,所以自从叶丛碧现身之后,这个栏目还是深得人心的。

只是叶丛碧和净墨的关系仍旧势如水火,也许是净墨为丛碧所做的一切并没有人对丛碧道出实情,反正两个人只要是在走廊或者电梯里见到,丛碧绝对是目不斜视,一声不吭的,就好像不认识净墨一样。但是净墨却觉得,丛碧做得越是决绝,他对她的爱就越是有增无减。

人怎么这么贱啊。

正想着，丛碧已经做完节目来到楼顶天台，手上拿着一瓶矿泉水，公事公办道，你找我有事吗？净墨也故作冷漠道，你参加选美的时候，是不是跟赞助商签过一份合同？丛碧回忆了一下，道，不记得了。净墨道，你再好好想一想，四十多页纸的，其中包括一份你们自己写的身世，而且承认赞助商买断后可以使用。

丛碧道，好像是有这么回事，当时也犹豫来着，后来赞助商说这种合同其实要等我们很有名了以后才有用，可是出名哪那么容易呢，也就是送给你们一点钱花花。净墨道，那给了你们多少钱呢？丛碧道，我记得是八千块钱。

净墨顿时惊道："你卖什么呢？你以为是卖萝卜啊？八千块钱就把自己的身世全都卖了，你到底有没有脑子啊？！"

丛碧不快道："那时候八千块是我见过的最大数字的一笔钱，而且什么都不用做就平安入袋了，当时好像所有的佳丽都写了，写得最多的人也不过是三张纸，都是一些流水账，爸爸叫什么，妈妈叫什么，爸爸妈妈是做什么工作的，有没有分手，是不是单亲家庭，小时候有什么梦想，有没有被男孩子追过什么的，应该没有什么了不起的内容，其实我们的人生都是选美之后才开始的呀。"

净墨道："可是你这么一卖，选美中间的事，选美以后的事都可以由着他们胡写了。那份合同我看了，整个合同对你们来说是没有什么保障的,说好听了那是合同,说不好听了也就是一个陷阱。"

丛碧想不明白,道:"我还不是女主播呢,他们陷害我干什么?"

净墨告诉丛碧,胡川花了二十五万元的价格,从选美赞助商手里买下了她的合同,准备找枪手编排她,然后编成电视剧,后果肯定不堪设想。

丛碧当即脸都白了,怔了又怔,突然一把抓住净墨道:"那你说我该怎么办啊?要不要花更大的价钱把这份合同买回来?"

净墨道:"那你不正好中了胡川的奸计,现在最有效的办法就是你不在意,他就是把你写成埃及妖后你也不要在意,他就没法得逞了。"

丛碧仍旧脸色苍白道:"我什么也没有,当然可以不在意,可是……"她可是了半天也没可是出什么名堂来。

净墨道:"可是他不会不在意对吧?如果他只在乎别人怎么害你,但是并不在乎你,那还搞什么搞?"

丛碧自觉有些失态,急忙调整自己的情绪道:"谁说他不在乎我?他其实是很在乎我的。"说完又道,"谢谢你告诉我这些,我走了,再见。"

净墨看着丛碧离去,心想,她怎么一点底气也没有啊,望着她单薄的身影,不知何故,净墨竟然有一点点不祥的预兆。他叹了口气,又点着了一支烟,远景还是那么单调，内心还是那么荒凉，只有风打着呼啸一阵一阵地飞跑，他想，所有接触过他的人，都说他聪明，可就是他这样一个聪明人，却始终也想不明白女人到底是怎么一回事？为什么她们总是会以飞蛾扑火的姿态冲向尚不可知的未来呢？就像他曾经问过他的前妻，你整天奔跑在信息高速公路上，知道那么多的事，把自己弄得知识丰厚，精神饱满，为的是什么呢？前妻瞪着眼睛看着他，也只是茫然。

晚上，丛碧一脸菜色地回家。母亲见状道，你这是怎么了？丛碧道，有人要陷害我。母亲笑道，光天化日，朗朗乾坤，哪个敢陷害你？！丛碧便把胡川的所作所为说了，母亲顿时傻了眼，人也矮了一截，哎呀一声道，那我们报警吧？丛碧兀自叹了口气，心想母亲这一辈子，不能说她糊涂，整个就是一个女版的周星驰，不仅说话无厘头，做出的事来，别人都看着滑稽，只她一个人抵死一般的认真，跟一个认真滑稽的人日对夜对，你道是急不急？！所以丛碧不再言语，回了房间，倒在床上越想越觉得窝心，只恨自己不是黑社会的压寨夫人，杀了胡川那个狗日的。

这时母亲推门进来，忧心忡忡地坐在她的床前，道，不如你赶紧去找庄世博，叫他拿个主意。丛碧翻身面壁道，就是不想让他知道，胡川这个无赖，肯定会糟践我，说我跟他睡过觉都不一定，要不我为什么会给他做鱼香肉丝的代言人，我现在浑身是嘴也说不清了。

母亲道，那你打算怎么办？丛碧无精打采道，有什么怎么办的，我也被胡川搅得乏了，随他编排去，横竖我跟谁也不好，还落个大家清静。母亲道，可你不是说挺喜欢庄世博的，还真的爱上他了。丛碧叹道，就是爱上他了，才麻烦呢。母亲道，是啊，是啊，有钱人都是讲体面的。如此一说，母亲倒把自己的气给激起来了，又道，我去找胡川算账，我跟他拼了。丛碧烦道，妈，你就少说一句吧，睡觉。

事实上，叶丛碧的这一晚，怎么可能睡得着觉呢？好几次，她从床上翻身坐起，抓过手机想给庄世博打电话，有一次号码都按好了，还是没有勇气按发出键，她想，她能跟庄世博说什么呢？这种越描越黑的事，她又怎么说得清呢？现在的电视台，说得好听一点是媒体先锋，说得难听一点就是《红楼梦》里的荣国府，还有谁相信它是个干净地界？记得上一次，电视台来了一个年事已高的香港商人，是来谈合作项目的，晚上，台里自然叫上几个漂亮的女主持陪他老人家吃饭，散了饭局以后，老港客问他的手下给女孩子们发红包没有？手下说这是台领导专门请来的女主持作陪，表示一种档次，不用给红包。老港客立刻大发脾气，说怎么能不给红包呢？她们是鸡嘛，我知道的，不给红包我怎么有面子呢？

丛碧又想，再说自己和庄世博的关系算什么呢？他从来也没对她承诺过什么，这样一种微妙关系，如果胡川害她，庄世博又凭什么相信她呢？

然而,叶丛碧并不知道,其实她的不眠之夜,也正是庄世博的清夜静思之时,这段时间,世博的夜晚也不太平。在男女私情这件事上,他承认芷言的话虽说刺耳,但是每一句都是对的,有哪一个好官不是六根清净的?还有就是郎乾义的迎头痛击,也让他从红尘万丈的温柔乡里猛醒,他想,他的确不能深陷在儿女情长之中,因为有些时候,甘露就是砒霜,而人生最重要的功课便是取舍。

差不多有两个月的时间,世博都没有给丛碧打电话。本来他并不想做得这么决绝,他也一直在想,要不要跟丛碧面谈一次,做一个正式的了结,否则他们的关系算什么呢?茵雨湖之夜又算什么呢?这也不是他的行事风格啊。但是转念一想,不联络,不见面,本身就是一种态度,也是一种了结的方式。如果真是面对面地谈,那他说什么?

有些事,尽在不言中,才是最好的。

这样决定之后,世博虽然有些失落,但同时又有一种如释重负的轻松。那段时间,他甚至都挺害怕叶丛碧给他打电话的,他已经决定,如果是叶丛碧的电话就不由分说地挂断。但是很奇怪,叶丛碧一直都没有给他打电话,时间一长,两个人倒有点像情人赌气了,仿佛他们都在考验着自己的意志,又都在苦苦期待着什么。

一天,庄世博独自驾车外出办事,在一个路口等红灯的时候,他随意的一偏头,路边便是一家大型的电器商店，透过巨大的玻璃橱窗，差不多有十几台不同尺寸的电视机同时开着，播放出来的频道却是一个，那就是叶丛碧主持的《都市写真》，丛碧穿着一件白衬衣，下身是蓝色的牛仔裤，这套招牌打扮让她看上去人淡如菊，她一直在说着什么，但是马路嘈杂当然什么也听不见，但是她的音容笑貌都是他万分熟悉的。

节目的现场好像是在国道上，有一个连环的三车追尾事件，叶丛碧显然是在报道这一事件，美女严肃的样子总是很动人。

要分手，就决不要见面，这是一个真理。

世博也知道，见面会让一个人的钢铁意志化作万缕柔情，但是没办法，他们就是这样不期而遇了。就在那一瞬间，世博希望能够立刻见到叶丛碧。

他看了一下手表，已经快到下班时间了，这时，庄世博已经打了右行灯，但是他的车却左转弯离去了。庄世博去了电视台的大门口，他把车静静地停在路边，他想，如果能碰上叶丛碧，就跟她见一面，当面做个了断。如果碰不上她，那就一切随风而去，男人一生的插曲想必很多，华彩乐章却永远只能是事业。

十二

芷言冷冷地回道，结婚？你跟谁结婚？世博道，你知道了还问。芷言没有说话，心想，你难道没结过婚吗？孩子都多大了？那种呆头呆脑的仪式还要反复体验吗？当然她什么都没说，只是在心里暗自吃惊。

那天的庄世博，很顺利地在电视台门口遇见了叶丛碧，叶丛碧见到他的时候，竟然有一点点漠然。

丛碧上了车，用手机推掉一个饭局。世博把车开到一座年久失修的公园里，公园里是一些不太出名的抗日英烈，大部分还是国民党的，不知是不是这个原因，所谓的陵园才破败成这个样子，才三块钱的门票，人们也还是不来了。世博的车开了进去，停稳，两个人却都没有下车，似乎也清楚要谈什么。

为了让情绪缓冲一下，世博道，你怎么也不跟我联系啊？丛碧道，你不是也没联系我吗？世博道，怎么样，最近过得好吗？丛碧道，不好。世博道，怎么不好了？丛碧不再说话，只看着窗外，世博再一探头，发现她满脸是泪。

世博惊道，你怎么了？我可没有欺侮你的意思。丛碧道，我也没说你欺侮我了，有什么话你就说吧，我听着呢。

这样一来，世博又不知道该怎么说才好了。

见他不说话，丛碧便推门下车，走了。

庄世博想不明白，眼前的这个叶丛碧跟以前的那个叶丛碧是一个人吗？他下了车，追上她道，你到底怎么了？是不是我妹妹找你去了？她跟你说什么了？丛碧不解道，你妹妹找我干什么？世博道，那你这是怎么了？有什么事情你就说出来，不要这样哭天抹泪的，这样又能解决什么问题？

叶丛碧忍不住又哭起来，一边跟庄世博讲了胡川的事。

世博当即就火了，道，真有这样的事？丛碧小声埋怨道，就知道你不信。世博道，你怎么知道我不信？我是不信你还是不信他？我就这么没有分辨能力？

丛碧不再说话，自顾独自垂泪，看得世博心也碎了，便道，你只管放心，无论发生了什么事，我都会娶你的。话一出口，连自己都吓了一跳，本来准备要说的分手道白竟成了海誓山盟？正不知这话是怎么说出来的，丛碧已经抱住了他，哭得更凶了，世博搂住她软软的腰身，心想，我又不是得陇望蜀之人，既然和宛丹的缘分已经尽了，找个人结婚别人总说不出什么来吧，而且叶丛碧的处境也逼得他没了退路，这种时候说分手，自己无论是自私还是先输给了胡川，总之都不算什么圆满的收场。

再说他们为什么还会见面？无非是割舍不下，现代人可能怀疑感情，但不会怀疑意念，在利害关系的压迫下仍然不想放弃的东西，那可能就没法放弃了。就像郎乾义，他难道不知道女人是祸水？还是没有办法超越嘛。自己也一样，内心深处还是喜欢丛碧的，要不然怎么会跑到电视台的大门口去等她？太不像他庄世博干的事了，可他还不是就那么做了？

复杂的事情用最简单的办法处理，这也是庄世博的行事风格。

芷言道:"你这是爱吗?你这是逆反心理,是你内心的寂寞和失落造成的错误的决定。"

世博道:"爱是不需要理由的,无非是一种异性相吸而已。"

芷言道:"别为自己开脱了,你就是说不出来你爱她什么。"

世博道:"她很单纯。"

芷言笑笑,等待着世博的下文。

世博又道:"我好久不见她,真的会挺想她的,这就说明我们还是有感情的。"

芷言道:"你们之间能有什么感情?都是戏中人罢了。当初你连个小科长都不是,在公共汽车上碰见了宛丹,这才叫感情,现在的女孩子把自己变成大红包送给你,你只不过是笑纳了。"

世博道:"按照你的说法,男人只要往上走,就谁都不能相信了?"

芷言道:"客观上就是这样。"

世博道:"我知道叶丛碧不在你眼里,她没你聪明,也没你清高,就算她是一个虚荣心满满的女人,我反而觉得她挺真实、挺贴心的,这个年代还会有什么惊天动地的爱情?各取所需就已经很好了,我愿意满足丛碧的虚荣心,这样总可以了吧?"

芷言突然抬起头来,道:"那宛丹怎么办?她才是最适合跟你在一起的人。"

世博道:"你的问题真是太奇怪了,我现在不想谈她,但我可以告诉你,我已经跟她通过电话了,下个星期二一块去街道办事处。"

芷言道:"你不能离婚,你们还有孩子。"

世博道:"我同意把孩子判给她,但是我是会对庄淘负责的。"

芷言终于有点不耐烦了,道:"你还玩成真的了?世博,你疯了吗?"

世博也提高了嗓音,道:"我告诉你庄芷言,任何对我不忠的女人,无论她有多好,我都不会留恋,在这个问题上,有没有叶丛碧都是一样的。"

芷言踱到窗前,沉默良久才道:"宛丹她并没有对你不忠,她暗恋教练的事是我编出来骗你的。"

庄世博愣住了,他看了芷言老半天,不知她在说什么。

他走了过去,他对她说道:"你刚才说什么?"

芷言把刚才的话又说了一遍,世博道:"为什么?你为什么要这么做?"

芷言道:"你问得那么紧,我不知道该怎么跟你说。"

世博道:"照实说很困难吗?"

芷言沉吟片刻,道:"总之因为宛丹她太执着,而我又不能跟她说你心理有问题。"

世博勃然大怒道:"我心理没问题!我跟你说过多少

次了，我心理很健全，一点心理问题也没有，你别觉得自己进修了两天心理课，就看着所有的人都有问题。"

芷言道："我不想提过去的事。"

世博吼道："这跟过去的事有什么关系啊？我再说一遍，我很健康，心理素质也非常好，没有任何问题。"

芷言毫不迟疑道："那爸是怎么死的？"

庄世博二话没说，飞起一掌，打在芷言脸上。芷言只觉得半边脸先是麻木，接着是整个脑袋有一种泰山压顶般的沉重，人都快站不住了，耳朵里传出的是铁马金戈、气势如虹的轰鸣。她一动不动地站着，直到听到一声门响，知道暴怒中的世博已经离去，这才缓缓地倒了下去。

下午，芷言一直觉得偏头痛，便到医院去做了检查，医生说她是左耳耳膜穿孔，也没有什么具体的治疗，只开了一些止痛片。

芷言在医院的小卖部买了一瓶矿泉水，她吃了药，自己在车里坐了一会儿，感觉好一点以后，她开车去了她的导师潘思介的家中。是潘师母开的门，见到芷言，她高兴道，你来得正好，就在家里吃饭吧，有人送了螃蟹过来，思介说菊黄蟹肥，要围坐在一起凑个趣才好，自己吃很没有意思。芷言道，需要我帮忙打下手吗？潘师母道，不用，我已经把螃蟹刷好了，只是蒸一下，方便得很。

潘老师在阳台看书，一边抽着烟斗。他招呼芷言坐，也不是特别客气,这样反而让芷言比较轻松。

芷言是非常信任潘老师的,因为她一直跟其他同学一样,轮流跟着导师在临床坐诊,有些患者再正常不过了,也只说了不多的话,潘老师就建议他留医,后来的事实证明,患者还真的病得不轻。但是芷言认识潘老师以来,从来没有提过哥哥的事,这一天她觉得有必要救助于潘老师。

尽管潘老师还是坚持医不上门,但是在心理疾患频密滋扰的今天,许多患者的家属繁密地往医院跑,请求正确的帮助,潘老师也会提出相应的措施。

芷言把一直埋藏在心底的童年家事告诉了潘老师。

潘老师听后,又问了一些庄世博的现状,以及起居、饮食、情绪等方面的情况,最终他对芷言说道,你哥哥他没有病啊。这个结论很让芷言感到意外,潘老师又道,虽然童年的经历极有可能起到人在成长之后不断强化的潜意识中的暗示作用,但绝不是说有冲撞性格的人就一定会有心理疾病,或者最终导致忧郁症。因为许多人的冲撞性格反而帮助他们释放掉了一部分压抑的情绪,而且你有一个很好的母亲,她并没有积极配合你父亲,对于你哥哥的教育始终是疏导的,所以我觉得你哥哥后来的发展很健康啊。芷言仍感疑惑道,可是无意识也是一种令人恐惧的威胁啊。潘老师道,是啊,的确是有些无法治疗的疾病来源于人性深处,人类到底是自我主宰,还是被一种看不到的无法控制的力量所驱使,这个话题将永远地争论下去，但这并非心理学的要义，弗洛伊德留给我们的最大遗产是他打开了人类认识自身的一个隐秘而宏大的世界。不过我们从结果论出发，生病是一个事实的客观存在，它绝不是想象和推理啊。

吃螃蟹的时候，潘老师看了看芷言，有点欲言又止，芷言道，潘老师，有什么话你就直说吧。潘老师道，芷言，我倒是有点替你担心，你没事吧？芷言道，我没事。

这时，芷言的手机响了，芷言打开一看，是世博打过来的，她没有接听，只是顺手把信号掐断了，并且关了机。

而此时，世博就坐在芷言的房间里，夜色降临，芷言的房间很静，而且一如既往的整洁干净。墙上是父亲柔韧却难掩苍劲的字——不动心。世博自知，这一回自己是大动凡心，准备改弦更张了，但是他一点也不后悔，他觉得一个男人既是面对感情上的事，只要是想定之后有所承诺，那就必须担当起全部的责任。问题是他该如何面对宛丹呢？现在看来宛丹并没有错，也许她只是对芷言有成见，但是她毕竟离家出走了呀，这至少说明她已经厌倦了现在的生活。

世博看着自己的右手，他也十分懊恼自己今天的举动，无论芷言对他说了什么，多少年来，也正是芷言始终不离他的左右，承担了母亲、妹妹、情人的角色，分担了他身上一半的担子，她聪明、漂亮，但是过着几近幽闭的生活，更为难得的是，正如郎乾义所说，芷言就是他的另外一个自己,他们之间的心领神会有着难以名状的魔力。

他也曾经试着与宛丹沟通过,但是宛丹的劝诫却不是他要听的,如果一个男人真的淡泊名利,有着出世人般的超脱,那还有这个世界吗?还有奋斗带给人的亢奋和荣耀吗?什么不是云烟?什么不会四散?但也正因为这一切消失得那么快,我们才会为过眼云烟而努力啊。所以,在这个世界上,只有一个芷言是读懂了自己的,并且能够跟自己并肩战斗,更是他精神世界的爱人。

然而现在,在这间他无比熟悉的房间里,却只剩下他一个人了。

潘老师家的花雕酒,据说是他的一个学生的母亲独家秘制酿成的,所以非常的醇香、肥美,芷言稍有放纵,便喝了许多。

从潘老师家里出来,芷言觉得有点头重脚轻,她想还是不要开车了,就搭计程车去了一家星级酒店,她开了一间客房,倒在床上依然感到有些头晕目眩,借着酒力,芷言给乔新浪打了一个电话,乔新浪人在香港,接到芷言的电话颇感意外。

芷言道,新浪,你没有什么改变吧?新浪道,我们两个人之间,只有你变,我是永远不会变的。芷言道,我想过一种新的生活,你明白我的意思吗?新浪道,我知道了。

挂上电话,芷言已是泪流满面。

十三

第二天下午,世博下班回到家中,只见宛丹正在卧室里换床单,而庄淘也在自己的房间里上网打游戏。世博有些疑惑地走进卧室,宛丹道,芷言给我打了电话,她希望我能回来,正好庄淘也放假了。

世博无话可说,似乎一切又回到了从前。

宛丹的确是接到了芷言的电话,芷言也没有多说什么,只说她决定离开,希望宛丹能够回家去。说完这些话就收了线。宛丹又把电话拨了过去,问这到底是怎么回事?芷言说没什么怎么回事,她已经有准备结婚的对象了,就这么简单。

这一说法让宛丹在心里深深地松了一口气。

人是有社会角色的,每个人心里都很明白,当自己不再是自己,而是扮演社会角色时,差不多都是不用评职称的一级演员,完全是无痕迹的表演,真假难辨,我们只有是生活角色时才会感到一种真正的吃力。所以,这个假期,世博和宛丹都在竭力做好自己应尽的本分,就算是为了庄淘,他们也必须这么做。并且庄淘也一点不知道父母之间出了什么问题,没有人跟他涉及过这个话题。

庄淘回家后的当天,在晚餐的饭桌上,就问爸爸妈妈,我姑姑呢?宛丹看了世博一眼,世博道,你姑姑去搞社会调查了,是他们学院组织的。庄淘道,那她什么时候回来？世博道，大概要三周吧。庄淘道，爸爸你说话的时候为什么不看着我说呢？世博有些勉强地笑笑，他看着儿子道，这很重要吗？庄淘道，当然重要。

庄淘变成了世博和宛丹共同的敌人，或者说对手更贴切些。小小年纪的庄淘，眼睛中却有一种与他的年龄不符的洞察时事的锋芒，这只能让他的父母更加小心，他们更要做出和谐互助的样子，表演出幸福感来。

星期天，世博问儿子要不要去麦当劳？此时的庄淘正坐在沙发上煞有介事地翻阅一份《经济参考》，庄淘用幼稚这两个字回答了父亲。世博道，那你想上哪儿我就陪你去哪儿吧。庄淘道，那我们就去击剑馆吧，我已经长大了，我想跟妈妈学习击剑。这个要求显然没有办法回绝，于是一家三口驱车去了体育中心。

一路上，世博车内的收音机里唱着《在那桃花盛开的地方》，欢快的旋律让人觉得一切都是欣欣向荣的。

世博的车开进了体育中心，这时世博才对宛丹说道，他突然想起了一件事，必须马上回办公室处理。宛丹就说那你去吧，也不用再回来接我们了，我们自己搭计程车回去。世博说不如晚上就在外面吃饭吧，我们直接到那里去集合。于是两个人又商定了一家饭馆，再一次约定了时间，这才分手。

庄世博如释重负地把车开走了，他当然没有回办公室，更没有什么特别重要的事情等着他去处理，他只是演不下去了，他觉得精神高度紧张也高度混乱，现在他开始质疑自己到底有没有心理问题了？他想一个人静静地待一会儿。

不知不觉间，他把车开到了芷言所在的大学的校门口，应该说这座城市的大学区还是比较体面的，不像商业区早已是满目疮痍，混乱不堪了。世博把车停在了一棵榕树的下面，他摇下车窗，点着了一支烟。他知道星期天在这里是找不到庄芷言的，他不是为了找她，只是不知不觉中，停在这里想事。

他不得不承认，自芷言走后，他的工作和生活都有一些失衡，没有人再听他说什么了，单打独斗的寂寞感袭扰着他，而他自己的心智也不像他想象的那么健全，没错，他依然是果敢的，有气魄的，努力向上的，也没有日益膨胀的私欲，但他始终不能安然若素，他不是一个周到的人，所以也就不知道身后会发生什么，这种感觉并不好受。但是尽管如此，他也没有办法按照芷言为他铺设的轨迹往前走，一个女人的归来，一个女人的离去，似乎改变不了什么，但是他却发现他已回不到从前，他跟宛丹睡在一张床上，但是他满脑袋都是叶丛碧，她的曼妙，她的一寸一寸的肌肤，她的飘飞的发丝，所谓的举棋不定，所谓的一诺千金统统都是借口而已，如果说他还爱着宛丹的话，那么他迷恋的却是另一个女人。

所以他不能到击剑馆去，庄淘无意间的要求也许是最毒的一着，他再一次被庄淘击败。他已经无法面对自己的从前。

世博给芷言打了一个电话。

那一个夜晚过去之后,芷言在酒店里睡到第二天中午才醒来,非常意外的是她感到了前所未有的轻松。除了耳朵还有些痛以外,她可以接任何人的电话了。

世博问道,你在哪里?芷言道,我在和新浪一起看楼盘。世博道,怪不得,我在单位见到新浪了,意气风发的样子。芷言似乎不想多谈此事,道,你在干什么?世博道,在陪儿子练剑。芷言道,那很好啊。世博道,不如我们晚上一块吃饭吧,我订好了一家餐厅。芷言道,我跟新浪就不过去了。

说来说去,其实世博最想说的话是对不起,但是对于他来说,这三个字无论如何说不出口。他跟芷言已经通过很多次电话,但是要表达心意,很难很难。

芷言道,哥,你要慢慢适应现在的生活,其实什么都没有变,也不会改变。

世博无言。

他一个人在车里坐了很久。

偌大的击剑馆里,宛丹握着庄淘的小手,一招一式的搏杀,儿子的动作稚嫩,但是神情却是无比神勇骄傲的,也就是一个缩小版的庄世博。往事排山倒海一般地袭来,宛丹陡然间似乎明白了什么。

宛丹给儿子擦汗的时候,庄淘突然说道,妈妈,我能提一个问题吗?宛丹道,当然。庄淘道,我觉得你跟爸爸的关系很好，但是，庄淘停顿了一下继续说道，但是你们两个人不亲热。宛丹的手停在半空中，人也顿在那里，几秒钟之后，她勉强笑道，我和你爸爸工作都很忙，我们这么拼当然都是为了你。

话音未落，她也知道这不是理由。

宛丹开始絮絮叨叨，显然她很想把这件事解释清楚，儿童的眼神清澈无比，天真，也是有力量的。有些事，越说越不能自圆其说。

庄淘说道，妈妈，你不用说了，我已经明白了。

合家欢的晚餐显得高度和谐，属于演出成功。

晚上，庄淘睡了。宛丹和世博在餐桌前相对而坐，宛丹道，你想跟我说什么话，现在说吧。世博道，没什么要说的呀。宛丹叹道，你甚至都不愿意进击剑馆，你怕什么？世博默默无语。宛丹道，还是说出来吧，说出来会好受一点。好一会儿，世博的眼圈红了，宛丹惊道，世博，你怎么了？出什么事了吗？

世博告诉宛丹，他爱上了别人。

宛丹面色苍白，道，没有办法改变了吗？世博道，都是我的问题，是我对不起你。宛丹道，你想清楚了吗？我们两个人一起面对都不行了吗？世博没有说话。宛丹起身道，我知道了。

宛丹洗漱完之后，准备去客房，路过客厅时，见世博仍在原处坐着，世博道，宛丹，你就不能跟我说点什么吗？宛丹道，你想听什么？见他无言，还是离去了。

世博看着宛丹消瘦的背影，心里难过极了，他了解她的性格，也因为她的性格义无反顾地爱上她，可是一辈子实在太长了，在这漫长的生命里谁都不知道会发生什么。

屋里有了夜深的凉意和宁静，世博想来想去，真不知自己是怎么了？他到底爱叶丛碧什么呢？就让他把胼手胝足的艰辛忘了？一下舍弃了两个最爱他的女人。还是果然高处不胜寒，让他突然对世俗的一切有了孩童一般的兴趣和任性，直到把一件玩具拆得七零八落完全斗不上了才心满意足？

但就是停不下来。

此后的两天，家里风平浪静。庄淘的假期终于结束了，世博开车把他送回学校，回来的路上，宛丹望着窗外说道，就像我们原来说好的那样，孩子判给我只停留在纸上，你不要跟他说什么，这是我唯一的要求。世博点了点头。

宛丹再一次离家出走。

然而，出走并不意味着解脱，宛丹上一次离家之后，在办公室住了很短一段时间，也住过朋友家，但最后还是在运动员宿舍区找到一间空房，这在经常要忙于大赛的她来说，并不算一件多么出奇的事，也没有人特别在意。现在她又回来了，房间里布满了灰尘，一如她混浊不堪的情感世界。

不巧的是，由于电线短路，宛丹所住的这座楼突然停电，走廊里传来嘈杂的声音，有人大声质问，谁又偷偷用电炉了。讨厌。也有人抱怨下水道老是堵。好像只有停了电,大伙的牢骚才喷薄而出。

宛丹只好中止了搞了一半的卫生,手拿抹布在黑暗中坐着,情绪越来越灰,终于忍不住失声痛哭。

永远也不要相信有什么铁骨铮铮的女人,她们只是人后流泪。

那段时间,芷言和宛丹都在找房子,一个是为了结婚,一个是为了离婚。在那种刻意的忙碌中,她们都显得有点失魂落魄。

十四

芷言当然也不能在酒店里一直住下去,事实上,就在芷言给乔新浪打电话的第二天,乔新浪就飞了回来。

乔新浪在酒店见到芷言的时候,本以为她会像一只受伤的小鸟那样扑到自己怀里,尽管他并不知道发生了什么事,但是无论发生什么事,芷言的反常和失态对他来说就是绝佳的机会,在银行工作的人都是很懂得把握机会的。

但是芷言又恢复了一如既往的理性。

乔新浪在当上处长以后,单位已经实施了货币分房,他得到一套两房一厅,虽然面积不大,但是地段和环境都还不错。新浪对芷言说道,不如你就先搬到我那去住,我把卧室让给你,我住书房的小床。芷言想了想,也没有其他的办法,她家的祖屋既没有出租也没有卖掉，只是闲置在那里，由世博家的钟点工每个月抽出一点时间，把那边打扫干净，仅此而已。但是芷言不想回去住，在她的心目中，父母的魂灵都还在，事情变成今天这个样子，虽然不能算是她的错，但也还是没法交待。

所以芷言只好搬到新浪那里去住了。

新浪这个人有洁癖，芷言住下来也就没有什么不适应。晚上睡觉的时候，直到半夜都满心桃花灿烂的乔新浪，根本就睡不着觉。他悄悄地走至卧室门口，推了推房门，他想，如果芷言没有锁门自然是一种态度，但如果锁了门就是另外一种态度，当然，芷言的房间房门紧闭。

有一天早晨，芷言在厨房煎蛋，新浪忍不住从后面紧紧抱住她，举着锅铲的芷言一动不动，身体是僵硬的。新浪有些尴尬，芷言也发现自己不太适合扮演谈情说爱的角色。

芷言心想，乔新浪至少有一点好，那就是他什么也不问，从见到她的那一刻开始，他就没有像剧中人那样摇着她的肩膀问东问西，这样她的心情也会平静一些。所以吃早饭的时候，芷言对新浪宣布，我们结婚吧。

这也才有买房看楼那么一回事。

一天，轮到芷言跟随潘思介教授在临床实习，上午的患者不多，潘老师被请到神经科去会诊了，由芷言在诊疗室里留守，芷言穿着白大褂，把诊疗室的卫生又打扫了一遍，刚刚坐定，就有人出现在门口，两个人对视后都有些吃惊,因为拿着诊疗单的人竟然是查宛丹,见到芷言,宛丹没有说话,转身准备离去。

芷言忙道,宛丹,你没事吧?宛丹停下脚步,但是并没有回头,只是用一只手把诊疗单给揉了,扔在门边的字纸篓里。芷言又道,潘老师去会诊了,马上就会回来。这时宛丹回过头来,盯住芷言道,你现在把他还给我还有什么用?

两个人除了对峙,无话可说。

片刻,芷言叹道,宛丹,我唯一的错误就是比你更爱我哥。

宛丹一反以往的内敛,尖刻地回道,错爱可以致命。说完这话,她头也不回地离去。芷言愣在那里,她知道,事情已经到了无法挽回的地步。

的确,解除一切障碍后的庄世博和叶丛碧,交往变得方便多了,他们也像所有的恋人那样,只要有空就会在世博的家中见面,二人世界的甜蜜自不必说,关键是在性解放的今天,偷偷摸摸的情感反而让人感到更加刺激和兴奋。

银行高层最终还是决定给艺凯集团公司所要求的巨额贷款注资,这件事没有再开会议过,庄世博闻讯后便去了王行长的办公室。王行长知道他的来意,用手势制止了他的追问,道,你什么都不用说了,胳膊和大腿我还是分得清的。世博道,是不是又收到条子了?王行长不快道,你是不是问得也太多了?世博道,真金白银丢进无底洞里，我不相信你会不心痛。王行长厉声道，这件事不要再说了。

世博噤声，但他心想，也许银行家之梦也就真的是一个梦境，是一道耀眼的追光，光柱如塔，引无数英雄尽折腰。但是一梦醒来，灯光熄灭之后，那儿什么都没有。

只因痼疾沉积，体制的基石根本无法撼动。包括他自己，不也是没有放弃对光塔的攀登吗？各有各招罢了。

世博准备离去，王行长叫住他，道，你最近的传闻也很多啊。世博不语，有些事是越描越黑的。王行长又道，世博啊，我总说你聪明过人，所以也就提醒你千万不要在不该丢分的地方丢分。世博脱口而出道，郎乾义那是道听途说。王行长道，你错了，郎乾义从来没在我面前说过你不好，他反而跟我说过，你的才华在他之上。世博无言，但神情有些不屑，王行长又道，你不要不信，你的事是芷言告诉我的。

听罢此言，世博颇感意外，但又不知如何作答。

王行长道，你的私事我不想多说，但是我告诉你庄世博，你休妻，胳膊上再挎一个漂亮的女主持，你觉得像那么回事吗？说完这话，王行长皱着眉头挥了挥手道，你可以走了。就这样，庄世博灰溜溜地离开了王行长的办公室。

不可避免的，庄世博又进入了新一轮的内心挣扎。

自那次争吵之后，世博和芷言表面上似乎是和解了，但实际上两个人都心存芥蒂，而且不管世博怎么要求，芷言总是以各种借口为由，不愿与他见面。

这一次也是一样，芷言在电话里说道："有什么话你就说吧。"

世博道："你为什么要把我的事告诉王行长？你这不是毁我吗？"

芷言道："你以为我不说就没有人知道吗？"

世博道："你还要干什么？"

芷言道："想办法阻止你的愚蠢行为。"

世博气道："你这么做只会把我的逆反心理全部激发出来。"

芷言冷静道："请问你会怎样？"

世博道："我会闪电结婚，一切谣言将不攻自破。"

芷言道："你只管这么干好了，说不定郎乾义也会闪电升职。"

世博道："妇人之见。"

芷言道："我不带任何情绪地告诉你，这一次高层决定给艺凯集团公司注资，至少说明了郎乾义的人脉关系了得，他有没有靠山已经一目了然，而且谁都知道郎乾义是电脑专家，又不乏实干精神，他不喝红酒，不喜美食，不打高尔夫球，夫妻和谐，在个人品格上他至少显得比你谦卑，一切都已表明，他已经离目标非常近了，基本上是可以唾手可得。而你呢？你不过是整个银行系统的一则花边新闻。"

世博张口结舌,那边的芷言也只是轻轻地放下了电话。

下班之后,庄世博独自一人再次把汽车开上了高速公路,和所有的男人一样,除了女人之外,汽车是他们的亲密爱人,以至于兜风也成为他们舒缓压力的一种手段。车上收音机的喇叭里,有一个粗野的男声在高唱着:"东边我的美人啊,西边黄河流。"庄世博知道,他所有的烦恼都缘自芷言说的话是对的。

然而,事情发展到今天,都是他一手造成的,他应该怎么办呢?

有些时候,生活中经常会有这样的情况,那就是在矛盾尖锐到白热化的程度时,突然间事件出现了失控的状态,向着不可知的深渊滑去,令所有的人大惊失色。

一天深夜,大概是凌晨两点多钟,芷言的手机响了。

芷言在黑暗中摸到手机,接听。对面是世博的声音,声音仿佛来自旷谷,非常的不真实,可以感觉到世博的神经是高度紧张的,他说道,芷言,出事了。芷言一下子从床上坐了起来,忙道,出什么事了?世博道,丛碧有哮喘病,现在发作了。芷言道,那赶紧用药啊。世博道,她包里的药用完了。

芷言跳下床,喊了一句,快报120,我马上就到。

芷言穿着睡衣,抓起提包冲出了门,她开车先拐到二十四小时服务药店,买了一些针对哮喘的应急药品,然后直奔世博家的小区。

世博家的楼下，停着一辆120急救车，车门开着，里面却空无一人，只有司机坐在驾驶室里，见怪不怪地抽烟。有几个小区的保安在急救车的旁边站着，也有晚归的住户等在一边看热闹。芷言冲回家中，只见叶丛碧身穿一身浴袍躺在客厅的地板上，有医生在给她做人工呼吸，但她一动不动，双目紧闭。

空气里弥漫着一股碘酒的味道，品种繁多的抢救器材摊了一地，身穿白大褂的医务人员穿来走去，忙而不乱，形成了一道道活动的白色屏障，透过耀眼的刺白，芷言一眼看见世博呆立在沙发的旁边，脸色如同兵马俑一般的黯哑，整个人已经委顿得不能自制，仿佛一下子苍老了十岁，他只是木然地看着任人摆布的叶丛碧，眼光中是难以掩饰的失神和无助。

四周没有声音，仅仅是瞬间的失聪，也许是一秒钟，也许是十秒钟，也就是在这个瞬间，芷言心中的千般泪水，万般愤懑，本以为是永恒的无奈，竟在无声无息中消解、溶化，就像波澜遇到了波澜。

她终于明白，她和他之间并不是谅解和牵挂，而是一心一体的。

世博完全没有意识到芷言已经来到了他的身边，芷言抓住了世博背后的那只手，她感觉到世博的手心里全是冷汗，并且在微微地颤抖，她用力地把这只手握了一下。

一个护士抽好了肾上腺素，另一个医生在检查完丛碧的瞳孔以后,用眼光制止了她,患者正式宣告不治。

叶丛碧被120急救车拉到医院的太平间置放。

所有的人撤离之后,世博和芷言竟然一时相对无言。客厅里像被洗劫过一样,原来的优雅和品位早已荡然无存,慌乱中的抢救造成的凌乱自不必说,地上也满是乱七八糟的脚印,窗户全部开着,报纸等物飘得到处都是。

芷言知道她会归来,但没想到是这样的时刻,这样的场景,包括世博无话可说的穷途末路的神情。

她走到世博身边,语气尽可能平和地说道,告诉我,到底发生了什么?

世博告诉芷言,晚上,他跟丛碧谈他们的感情问题谈到很晚,大概一点多钟的时候,丛碧去洗手间洗澡,时间有些长了,世博觉得不对劲,就推门去看,发现丛碧靠在浴缸前的地板上,人喘得很厉害。世博吓了一跳,丛碧反而安慰他,说没事的,一会儿就会好,还让世博去拿她的手袋,世博把手袋拿来,丛碧在里面摸了一会儿,世博干脆倒提着手提包,把里面的东西全部抖落出来。丛碧见他这么紧张,还开了句玩笑说,就是不想让你看见,你还是看见了。

世博说,丛碧用的喷雾剂,只喷了两下就没药了。他坚持要到医院去,丛碧却迟疑了,怪只怪他跟丛碧讲了自己的难处,丛碧才觉得为难,说她走不动,如果让他抱着她去医院看急诊,传出去影响就大了。又过了一会儿,丛碧人虽然还有神志,但是已经说不出话来了。

这时的世博直觉要打120，但是他神使鬼差地打了芷言的电话。

当天夜里，闻讯赶到医院的叶妈妈报了警。

警察来做笔录的时候，芷言也还是一身睡衣，她说叶丛碧是她的客人，突然犯病，她也只好叫庄世博拨打120，而自己冲出去买药，但是不幸的事情还是发生了。

由于事情来得特别突然，庄世博有点懵了，而且一时半会儿总也回不过神来，警察走后，他也只是枯坐着发呆。天色渐渐出现了鱼肚白，对于世博来说，这一夜真有一年那么长。芷言站在他的身边，道，哥，你要振作一点。世博自语道，怎么会发生这样的事？是不是我害了她？芷言道，谁都不想发生这样的事，但是发生了，叶丛碧就是我的客人，所发生的一切也都是意外。

芷言说话的语调镇定，神情井然，但其实她的内心也同样受到了巨大的冲撞，毕竟人命关天啊，而且一个年轻漂亮的女主持人死在家中，这是无论如何解释不清的事，更何况世博的特殊身份，会造成什么样的后果，她简直想都不敢想。

但危机已经出现了，她也只能面对。这便是她性格的另一面，越危急的时候她越冷静。

芷言对世博说道，你现在就到王行长家去一趟。世博看了看墙上的挂钟道，还有一个多小时就上班了。芷言道，你现在就去，在他的家门口等他，第一时间告诉他发生了什么事，不能让他从任何其他途径知道这件事。又嘱他跟王行长请假,把今年的假期全部用了,尽快暂离这个是非之地。

世博道:"我不能走,丛碧还没有火化,我走掉了算怎么回事?"

芷言冷言相向道:"那你想怎么样?给她守灵,还是把你们曾经去过的地方再去一遍?"

世博绝望道:"就算我做的一切都是错的,现在她人都死了,你还不能放过她吗?!"

芷言突然厉声道:"你少给我讲这些文艺对白!都什么时候了?撇都撇不干净的事,你倒在这里煽情。"

一时间,两个人都不再说话,静寂中,他们都意识到了目前最危急最莫测的情况是什么。隔了一会儿,世博才道:"我这么突然走了,警察会不会怀疑我?"

芷言道:"怀疑你什么?刚才的笔录是我签的名。"

世博看了芷言一眼,转身离去。事实上,他的脑袋里混乱如麻,所发生的一切细节都已经模糊不清。他也只能按照芷言说的去做。

这一则带有好莱坞式传奇色彩的新闻不可能不引起轩然大波。电视台的人得知这一消息之后,都说从来不知道叶丛碧有什么哮喘病,年年体检人也是好好的,怎么就突然发病死了?这太不可思议了。叶妈妈解释说,丛碧的确从小就有哮喘病,只是一直坚持吃中药,病情也就控制得还可以,再说现在找一份工多难,竞争多激烈,谁敢承认自己有病?丛碧每回去看中医,也都是化妆化名开的药。但是就算她有这个病,发作了也不至于死在别人家里,肯定是报120报晚了,才会回天乏力。叶妈妈的亲属一个个都骂她笨,说你怎么知道不会是谋杀?借着丛碧发病,什么事都有可能发生啊。难道那个有钱佬真的会娶丛碧吗?你发大头梦都不要发得这么离谱。

叶妈妈被说得没了主意,就真的去了公安局要求立案侦查,公安局说,立案要有依据,必须先对叶丛碧的尸体进行解剖,确认她是不是被谋杀。叶妈妈没办法,就同意了法医做尸体解剖。

新闻记者一天一天地堵在银行的门口打探消息,他们怎么会相信叶丛碧仅仅是庄芷言的客人?这不是太可笑了吗?庄世博跟他的老婆分居,他所居住的小区保安都见过他跟叶丛碧出双入对,这些都是不争的事实,庄芷言的托辞只能是姑妄听之,必定另有隐情可供大众消遣。王行长对这样的局面很是生气,说庄世博真的是到外地出差去了,你们再等下去毫无意义,而且他家里到底发生了什么事由公安局去查,你们不要乱猜乱写。银行方面见王行长发了火,就多派了保安严防死守。

至于银行内部,当然也是议论纷纷。郎乾义的心情比较舒畅,当晚就和屈爱春去喝酒,郎乾义道,庄世博那么一个聪明人,怎么就闹出一个"大头佛"来?屈爱春道,中国的事,有时候还真不是比谁更聪明,而是比谁更平庸。郎乾义道,你说得对,我也最讨厌他总是喜欢出其类、拔其萃，就他与众不同似的。屈爱春叹道，每个人都是被自己的优点杀死的。郎乾义笑道，我怎么觉得你挺同情他的啊。屈爱春不以为然道，我同情他干什么？

庄世博请了假之后，买票去了敦煌，倒不是想寻回他少年时代的考古梦，这么多年过去，他早已是移情别恋，过去的梦想在今天看来，既不着边际，也不像自己想象的那么重要和伟大，更何况彼时彼刻也没有那份兴致。只是他觉得，恶劣一点的自然环境会让人的情感和神经都变得粗粝和麻木一些，这样或许对他是有好处的。

叶丛碧的尸检报告终于出来了，结合叶妈妈提供的看诊病例，叶丛碧属于外源性哮喘，对于致敏源非常敏感，而在她的胃里发现了鲜笋的残留物，但鲜笋磨得极细，估计是在汤羹里，所以使患者难以发现而吃了较多。法医说对某些人的体质来说，鲜笋的毒性是很大的，叶丛碧的情况很可能是食物引发的哮喘，症状也会来得相对激烈和凶猛，而哮喘急性发作时，支气管出现严重的慢性发炎，使周围的小型肌肉对发炎的反应过度敏感并且产生痉挛，导致严重的呼吸困难。

这时的患者应该立即吸入支气管扩张药物，但对于非常严重的哮喘发作，定量气雾剂实际上是不管用的，必须马上接受医生的治疗，输氧和打肾上腺皮质素，稍有犹豫都可能延误抢救的时机。但是叶丛碧身上没有一点他杀的疑点，脖子和胸口的一些抓痕也只是感到气闷时她自己抓伤的。至于说到报120是否及时的问题，对于没有医学常识的人来说很难强求，而且庄芷言一再解释是叶丛碧自己不让报120的，她说自己能缓过来。

不过尸检又有另外一个发现，那就是叶丛碧已经怀孕了。

尸检没有问题，公安局不予立案。

但是丛碧已有身孕的结果，大大刺激了叶妈妈，她坚信亲属们的分析是对的，女儿有了身孕，男朋友又不想结婚，他怎么可能不延误抢救时机呢？于是叶妈妈找了律师，使得该案成为刑事自诉案件。

十五

一连数日，阴雨蒙蒙。

深灰色的天空沉得很低，仿佛没有楼房和树木，它就会像一块破布那样塌下来似的。下班之后，净墨决定去探访叶妈妈。

境由心生，以前净墨到这里来，真不觉得这座简易楼是如此的破败、残旧，随着木质楼梯的嘎吱作响，净墨的心境更加沉闷。丛碧的房间里一切如故，但是一切又都失去了生机，呈现出黯哑、空洞的气息。桌上放着一张丛碧放大的照片，她身穿一件白衬衣，脸上露出只有新闻女主播才有可能具备的经典笑容，那便是似笑非笑，端庄美丽。但是黑框赫目，又让人感到极大的压抑。

叶妈妈抱着净墨哭了，她说道，我早跟她说过，不如跟着你一块好好过日子,也不会出这样的事。净墨无语,心想,在这个世界上,哪有什么早知道?人只要活着就会起心动念,又有谁会想到波澜不惊的好处?叶妈妈又道,八竿子打不着的一大堆亲戚过来吵过一轮以后,散了,走了,再就没有一个人来看过我。所以叶妈妈抓住净墨的手不放,说只有你才是好人。

净墨问道,那个叫庄世博的人没来看过你吗?叶妈妈无奈道,他们好的时候都没来看过我,现在还不是有多远走多远,哪里还会来看我?净墨道,可是他们毕竟好过啊。叶妈妈道,好什么好,如果是你,丛碧她还会死吗?

屋里的灯很暗,但也看得见叶妈妈的头发是花白的,她这样一个爱美和自我的人,所有的寄托和希望都在女儿身上,面对巨大的打击,她有一点痛失至亲之后才会有的灵魂出窍般的醒定和神经质,却又早已不记得自己的存在。净墨的伤感油然而生,他说道,叶妈妈,我真的不知道还能帮你做点什么。

叶妈妈道,你来得正好,不然我想来想去也还是会去找你。净墨道,什么事?叶妈妈道,丛碧的官司,律师说了好几次要证据,可是我整不了丛碧的东西,一进她的房间就只会哭,一直哭到昏天黑地。净墨道,那我来整理她的遗物,对律师有用的东西我会放在一边。叶妈妈道,你真的不忌讳吗?净墨勉强笑道,我没事。叶妈妈又说了一遍,早知道,就跟你一块好好过日子。

净墨在丛碧的房间里坐了好一会儿,他想,爱情为什么没有生死呢?如果爱情也会死去,那人是不是会轻松很多呢?

自分手之后,净墨始终都在跟自己作斗争,他希望能把跟丛碧在一起的短暂的感情之事放下,但他好像根本做不到,尽管他表面上还是那么散淡和不羁,但他一直都能感觉到内心深处那种不弃不离的隐痛,以至于听说丛碧过世的消息时,整杯的热咖啡打翻在自己手上,可他既没感到烫,也没感到痛。

净墨打开丛碧的抽屉,他翻来翻去,除了那些女孩子常用的香水和首饰之类,他翻到了许多丛碧和庄世博的照片,照片上的叶丛碧看上去就是一个幸福的小女人。

另外,在一本日记本上,丛碧详细叙说了自己坠入爱河的甜蜜和对幸福生活的憧憬,当然也有相当的篇幅记录了庄世博的犹豫和为难,其中几则日记有字句模糊的地方,显然是被泪水打湿的。

这时已是深夜,净墨对纸上的丛碧说道,你若有什么冤屈,一定记得托梦给我,我会给你讨回公道。约莫凌晨四点多的时候,净墨伏在案前睡着了,可惜一觉无梦。

早上,净墨决定直接去上班,就在丛碧家中洗了脸,吃了叶妈妈做的早饭。他把一个纸包交给叶妈妈,道,这些东西你就不要看了,省得伤心,直接交给律师好了。叶妈妈答应之后,一直把净墨送出家门好远,说道，你若有空，就来陪我坐坐，省得我一个人总是瞎想。净墨离去之后一直不敢回头，生怕自己落下泪来。

过了几天，让净墨感到意外的是，丛碧真的给他托梦了，梦中的丛碧嘴角总是挂着一丝幸福的笑意，丛碧说道，净墨，你不必为我操心，我走的那天的确是因为喝了太极素玉羹，这个汤是用荠菜、鲜笋和香菇磨成粉末制成的，所以能形成太极图案，荠菜是阴，鲜笋是阳，香菇是调味用的，否则汤味不会那么清甜，我一时疏忽，并没有吃出笋味来。病情发作的时候，也没想到后果会这么严重，我那时已经知道自己怀孕了，到了医院又不知道该不该告诉医生？自己能不能用药？总之这件事还是怪我自己太不小心了。

净墨在梦中道，我心痛就心痛在你无谓的痴情，都什么时候了，你还在替别人说话？丛碧笑道，我怎么会不知道你对我好？可是净墨，好，从来就不是相爱的理由啊。净墨无奈道，你我已是阴阳相隔，总不见得你托梦给我就是为了说这些？丛碧道，当然不是，我真有事要拜托你呢。

净墨道，什么事？丛碧道，就是那个胡川，你千万要阻止他，他还是要害我，我最后悔的就是这辈子认识了这个人。

一觉醒来，净墨并没有把这件事放在心上，他想，人都不在了，胡川还有什么好折腾的呢？但是不久，他就在报纸的娱乐版上发现了一则影视动态，这篇报道说，有一个神秘的投资人，号称手上有叶丛碧的身世，所以他即将投资的电视剧便是以叶丛碧为原型的自传体式的故事，故事本身非常的离奇、好看，已有多家电视台态度积极，冲他摇橄榄枝，提出要与他合作。

净墨给胡川打了一个电话，道，我们见个面吧，我有事找你。胡川道，我知道你要说什么事，所以也不用见了。净墨道，你知道我要说什么事？胡川道，无非让我积德行善，不要赚死人身上的钱，但是我天生就是一个无良商人，商人是什么？那就是见到钱如同蚊子见到血。净墨道，可是你并不缺钱啊。胡川道，钱是不缺，但是没有地位，这个社会现在最受欢迎的人是房地产商和影视投资人，我现在手上有敲门砖，我干吗不摇身一变？以前我买叶丛碧的身世，只是我喜欢她逼她就范，哪里想到现在变成了巨大的商机，因为手上有这张牌，简直一分钱不用花，就有人愿意往里扔钱，这不是千载难逢该我胡川一路发吗？所以你也不必过来跟我讲恶有恶报了，我这个人既不相信轮回，也不相信来世。

说完这些话，胡川也不等净墨作何反应，就收线了。

净墨堵了三天，才在胡川的办公室里堵着他，胡川斜着眼睛道，我就剩下二十分钟，有什么话你快说。净墨道，我知道你的剧本已经换过七任编剧了，可是本子还是没被认可。胡川一听这话，不仅开始用正眼看着净墨，连陷在大班椅里的一堆身体也坐直了。道，净墨你要说什么？你说，你说。净墨道，谁不想赚钱啊，我来给你做剧本好了。

胡川也是老江湖了，道，你说的话当真吗？净墨道，人死不能复生，何况她又是死在别的男人家，她做初一，总怪不得我做十五吧。胡川正在思索，净墨又道，你要进军影视界，我总比你内行吧。胡川心想，这倒也是。净墨道，不过我可是有身价的，你请惯了虾兵蟹将，拿到的本子厚厚一摞，但是没有用。我就不一样了，只要本子一出来，立刻建组，如果你连本子都没有，要给你投钱的人也只是说说而已，人家不可能把钱投到你的饭店来吧，那你还不是狗咬猪尿泡，空欢喜。

说句老实话，胡川的心里早就急开了锅，丛碧没死的时候就在搞本子，现在人走了，编剧也换了，还是搞不出什么名堂来。有的编剧比他胡川还要胡川，收订金的时候说得好好的，合同也签得好好的，到时候就说没灵感，什么也拿不出来，再催，跟躲债的人一样，干脆不接电话了。

虽然胡川没有说话，但是净墨知道他已经做了决定，道，不过你不一定请得起我。听了这话，胡川反而笑了，用鼻子哼了一声。

尽管官司缠身，但这好像并没有改变芷言的生活。星期二的晚上，芷言去圣心瑜伽馆做瑜伽，让自己在悠远的清音中如止水。从出事的那一天起，她已经搬回了世博的住处，乔新浪出差之前来找过芷言，对她说道，我们两个人怎么办？芷言道，什么怎么办？我们还是买房子准备结婚啊。乔新浪道,那我还真看上了一套房子,你要不要也去看看?芷言道,那就付首期吧,你看着行就行,我们各付一半的钱。说完这话,芷言还交给新浪一本存折。乔新浪这才放心地出差去了。

芷言回到家中,意外地发现宛丹坐在客厅的沙发上看报纸。见到芷言,宛丹道,我这几天一直给世博打电话,可他的手机总是关机,所以我过来看看他。芷言道,他到敦煌去了,也没打电话回来,应该没什么事。宛丹道,没事就好,那我回去了。

宛丹快走到门口的时候,芷言叫住她,道,宛丹,你搬回来住好吗?我已经准备结婚了。宛丹道,我并不相信世博会杀人,但我相信他的确是爱上了别人。芷言道,男人这一辈子就不能犯一点错吗?犯了错就得不到一次改正的机会吗?宛丹沉默了一会儿才道,我现在不想谈这件事,等危机过去以后再说吧。芷言道,那你还搬回来吗?宛丹突然火道,庄芷言,我不是你手上的一个棋子,也许你的人生是棋行天下,但我不是,我对你热衷的一切都不感兴趣。

说完这话,宛丹头也不回地离去了。

芷言也是在报纸上得知,有一个神秘的投资人准备投拍有关叶丛碧的电视剧,谁都会想到,这个电视剧的卖点就是叶丛碧最终死在了庄世博的家里,其间所有的故事都是可以胡编乱造的,尤其是一个出身贫寒的美女,她爱上了一个银行家或者银行家倾慕于她,稍有一点想象力的人都知道这将是一个多么艳俗的三流故事，所谓掌握着叶丛碧自己认可的身世不过是一个幌子，用它便可以掩盖真实的谎言。

芷言当然要阻止这件事。

她打听到胡川是一个地地道道的无良商人，见钱眼开，如蝇逐臭，是没有办法打交道的，能打交道的是目前签约给胡川写本子的人，这个人叫净墨，一直是电视台许多栏目的文胆，本人也曾经跟叶丛碧搭档做美食节目，据说对叶丛碧十分了解。由于他的价码开得很高，并且坚持先拿一半的订金，胡川忍不住放话出来，说如果不是有更大的利益诱惑，他绝对不会让净墨这样放血割肉。

人只要有弱点就好办。

芷言在网上查找到了净墨的简历，除了他的一张主持美食节目的滑稽照片以外，令芷言颇感意外的是净墨曾留学美国，获得了加州大学洛杉矶分校电影电视研究所编导制作的硕士学位，并著有专著《西方现代艺术批判》。芷言再一次审视了净墨的照片，他的模样甚是可笑，高高的厨师帽上别着若干金砖，而烧金砖这个菜就是红烧豆腐的别名。芷言想不出他为何要以这种面貌示人，不过对净墨这个人确实产生了几分好奇。

经过一番周折，芷言终于找到了净墨出租屋的地址，这是一座普通的公寓楼，看上去没有什么特别。芷言心想，等到电视剧写完，他就不用住在这里了，所以，为什么不呢？

虽然已经是晚上将近九点钟了，净墨却仍然没有回家，芷言等了好长时间，直到她准备离开时，净墨才出现。当净墨得知芷言是来找自己的，便在疑惑中拼命地思索，芷言见状莞尔道，你别想了，我们不认识。

进了净墨的房间，他请芷言坐在沙发上，自己去冰箱处拿饮料，在这一空当中，芷言看见了茶几上有一张净墨和叶丛碧在一块主持美食节目时的工作照。

芷言开门见山地对净墨说道："我是庄世博的妹妹。"

净墨愣了一下，道："我明白了，出了事以后，庄世博闪了，留下你收拾残局。"

芷言道："没有什么残局，那只是一个意外。"

净墨道："真的是意外吗？"

芷言道："真的，谁都不希望这样的事发生。"

净墨突然提高了嗓音，情绪有些失控道："在这个交通便利，医学昌明的城市，谁相信还会有人死于哮喘病发作？！叶丛碧到底是怎么死的，只有你们心里最清楚，但是不要忘了，良心债也是债。"

芷言沉默片刻，道："你曾经爱过她，对吗？"

净墨显然不想再讨论下去，神情也颇为淡漠，道："说吧，找我有什么事？"

芷言道："我听说你在给胡川写一个剧本。"

净墨道："是啊，那又怎么样呢？"

芷言道："你能把剧本卖给我吗？价格由你来定。"

净墨看了芷言一眼，道："如果是为这件事，那你尽可以放心。"

芷言道："什么意思？"

净墨道："我不会写这个剧本的，拖过去三个月，这件事就不再是热点，到时候把订金还给胡川，他想怎么闹，我愿意奉陪。"

似乎是一场必打的激战还没有开始，就已经结束了。芷言愣在那里，她没有想到，事情的结局会是这样的易如反掌。

在她准备离开净墨的住处时，芷言还是忍不住问了一句："为什么这么做？"

净墨道："为了自己，每个人做事都是为了自己。"

这个晚上，芷言没有睡好，她总是想起净墨的这句话，她当然明白他的意思，他是为了自己的心才这么去做的。然而现在，还有为了自己的心而活着的人吗？

十六

清晨，芷言刚刚睡去，便被一阵电话铃声惊醒。

电话是她高价请的律师打来的，他说就在一分钟以前，叶妈妈的律师打电话给他，说他的当事人决定撤诉。

律师解释说，在这之前，他和叶妈妈的律师研究了全部的证据，可以说是巨细无遗，其中包括三名证人和十六份书面证词和证物的全部内容，都只能证明叶丛碧和庄世博有过恋爱关系，但是没有足够的证据支持叶丛碧是在出事的当晚被谋杀，或因为延误了抢救的时间而失去了生命。想必是叶妈妈知难而退了。

芷言谢过律师之后，放下电话。但她无论如何不可能再一次入睡，便在床头怔怔地坐了一会儿，然后跳下床去，拉开了窗帘。

阳光射进室内，危机也如同黑夜一样退却。

屈指一算，也不过是不到两周的时间，但是当庄世博重新回到这座城市时，竟有一种恍若隔世的感觉。他看上去黑了一些，也瘦了一些，但那种不为人察的沧桑已经在他的脸上悄然而至，令他在霸气之余多了一份成熟之美。

世博回到家时，芷言并不在家里，世博在芷言的房间里坐了一会儿，不知是习惯，还是想感受一下久违的亲情。屋里依然收拾得纤尘不染，桌上成摞的书也是井然有序的，世博信手拿起一本，书名是《西方现代艺术批判》，翻开书，一张纸片掉了下来，世博捡起纸片，见是一张医院的诊断书，诊断书上写着芷言的左耳耳膜穿孔，再一查看日期，世博终于想起来了那一天自己的疯狂，他的心在隐隐作痛。

这时芷言走了进来，芷言道，你回来了。世博起身，看了看芷言，苦笑道，看你的样子就知道你有多累。芷言微笑道，没有的事。世博刚想说什么，芷言似乎用眼神制止了他，她笑道，一切都已经过去了。

芷言转身去了厨房，世博便将他看到的诊断书重新夹回书内。

多少年之后，世博都会为这一天的举动后悔，他想他当时无论如何应该说点什么，但是说什么呢？他并不知道。

不知从什么时候开始，在我们生活的这个时代，大惊小怪已经变成了一个人人不屑的毛病，只有处变不惊，双子塔倒于面前仍能淡漠处之的人才是真正训练有素，被人认可的。所以在庄世博上班之后，什么都没有改变，人们仿佛对在他身上发生过的故事，已经完全失忆了。

世博心想，芷言永远是对的。

三个月的时间，很快就过去了。在这段时间里，宛丹买到了一套二手房，面积虽然不大，但是地段和环境还可以，单身居住要比集体宿舍楼好多了，房子的别名是家，一旦安定下来，情绪也变得平稳了。宛丹和世博办理了离婚手续。

走出街道办事处以后，两个人准备各奔东西，世博脸上的表情有些复杂，无奈中似有一些伤感和失落。他对宛丹说道，我们还能拥抱一下吗？两个人熊抱了一下，宛丹忍不住滴下泪来，世博低声在她耳边道，留下来好吗？宛丹没有反应，她不是不知道退后一步海阔天空的道理，但是只要她留下来，他们就会成为彼此的负担，她再也不能过相敬如宾的日子了，何况在她的世界里只有输赢，或者爱和背叛。

生活本身当然存在着大片的灰色地带，有许许多多人和事是模糊不清的，但是这一切跟查宛丹又有什么关系呢？

世博知道宛丹去意已定，只道，以后不管有什么事，需要我的时候就找我。

宛丹匆匆离去，生怕再多呆一分钟便会回心转意。

一天中午，净墨趴在办公台前打盹儿，饮食栏目的女编导来找他，见他不醒，等了一会儿，还是把他推醒，有些兴奋道，我听说机场路上又新开了一家餐馆，名字叫作"一代天椒"，是重庆口味的，其中有一个菜取名"有一腿"，实际上就是麻辣田鸡腿，但据说有特制秘方，所以吃起来有一种偷情时才会出现的愉悦。净墨道，放屁。但人还是软软的，没有彻底醒来，所以又趴回原样。女编导摇着他说道，不如晚上去试一试，据说生意火得不得了，真要是好吃，不又是现成的一期节目。净墨心里只想她快些走，便闭着眼睛点了点头。

晚饭时分，节目组的人到了"一代天椒"，果然是人声鼎沸，热闹非凡，由于店面不大，所以门外还有若干桌椅占道经营，各种高低档车停了一片。

节目组的人把头聚在一块看菜牌，菜牌图文并茂，花花绿绿的像童话书一样。但也还是有人不信邪，亲自站起来，背着手四处寻找，发现别人的餐桌上有品相好的菜式，立即跑回来报告。也就是在这时，净墨看到了一个中年女人，她的头发一把抓地系在脑后，穿着也不堪讲究，是那种卷起袖子立刻可以干活的装束，此人气势了得，完全是指挥千军万马的架势，把女招待和传菜员指挥得团团转，有一个穿着黑制服的领班，不知做错了什么，被她追着训斥，看得出来她是压低声音，但神情却是肯定在说狠话，那个领班吓得头都不敢抬，像老鼠似的跑着去干活儿了。

净墨愣在那里，两眼发直地看着这个女人。

因为她是叶丛碧的母亲。

叶妈妈也是在瞬间看见了净墨，她怔了大概两秒钟，便跑过来招呼净墨一行人，她热情地说你们不用看菜牌了，我来给你们配菜，而且免单。众人知道这是叶妈妈，都说不好，叶妈妈道，到了这儿，就听我的吧。

晚餐的高峰期直到快十点钟才结束，节目组的人也早已离去，只有净墨一个人坐在桌前喝啤酒、抽烟。叶妈妈见实在是躲不过去了，只好走了过来。净墨道，叶妈妈，这个餐馆是你的对吗？叶妈妈道，是。净墨道，你拿了人家的钱，对吗？叶妈妈道，是，庄芷言给我送钱来，我撤了官司。净墨道，她为什么这么做？难道你没有一点怀疑吗？

叶妈妈道："我怀疑又怎么样呢？丛碧她已经死了，可是我还要生活，我今后怎么办呢？你跟丛碧再好，也只能来看看我，总不能养我吧？"

净墨道："可是如果丛碧是被害死的呢？"

叶妈妈道："丛碧的死是一个意外，庄小姐说，丛碧和庄世博是真的相爱，已经在谈婚论嫁，丛碧肚子里的孩子也是庄世博的，他们都认账，也都不希望发生这个意外。"

净墨无言，想了想道："既然不打官司了，叶妈妈，我想你还是把丛碧的日记、信件和照片送给我吧，我想留个纪念。"

叶妈妈道："庄小姐把所有这些都拿去了啊，那些你认为不用给律师的东西，她也拿去了。"

净墨闭上眼睛定了定神，道："她给了你多少钱？"

叶妈妈道："一百万，不过任何人若是问起来，我都不会认账的。"

净墨道："那你也应该跟我说实话啊，前两天我去看你，你说你还在打官司。"

叶妈妈的眼圈红了，道："我也是有面子的啊，孩子，我怕你看不起我。"

净墨差点脱口而出，他想说那你干吗还要这样去做呢？可是他没法说出口，因为叶妈妈赔尽小心地看着他，是啊，谁都是有面子的，何况是在晚辈面前丢面子。于是，净墨把曲终人散、杯盘狼藉的饭店环视了一圈，说道："也许你做的是对的，这个店的生意很火啊。"

净墨离开了"一代天椒"，他一个人沿着机场路走了好长一段时间，实在走得太累了，他才叫了一辆计程车，他坐在计程车上，望着窗外的夜晚，聚积了很久的泪水还是流了下来，就是他得知丛碧死讯的那一天，他都没有哭过,只是下班以后,在办公室楼顶的天台上闷闷地坐了好长时间。可是刚才的那一刻,他再也忍不住了,叶妈妈说得没错,他能给她养老送终吗?曾经跟他一日夫妻百日恩的前妻,都不知所终,有什么时候真正想起过她呢?叶妈妈是过来人,她当然知道还是钱最可靠,但也唯有如此,才是他的伤心处啊。

然而,芷言的举动还是引起了净墨高度的怀疑,他不相信会有人用高昂的价格摆平的事情背后没有隐情,可是他手上什么证据也没有。

净墨想了很长时间,他来到世博和芷言居住的小区,因为是上午时分,地下停车场很静,也没有什么人走动,净墨看见一个守车场的保安,身边守着一个岗亭,里面有录像和收费的装备,但他显然觉得气闷,于是坐在门外的一张破藤沙发上,埋头看着一本武侠书。净墨走过去,拿起保安手上的书,见是《七剑下天山》,于是合上书,把一张一百元钱夹在书中当作书签。

保安也有几分侠义气概,笑道,你不是想偷车吧?净墨道,我想看车库的录像。保安道,哪一天的?净墨道,死主持人那一天的。保安道,你不用看了,那一天的录像设备坏了,什么也看不见。净墨道,那你就告诉我一百元钱的内幕吧。保安道,也没有什么内幕,那盘带子我看过,就是那个庄家的女主人,没有出车的记录,她的停车位一直是空的,但是有回来时的记录。净墨道,也就是说,出事的那个晚上她根本不在现场,而是闻讯赶回家来的？保安道，我不知道，反正后来录像带又没有了，到底谁拿走的也查不清楚，管理处要求我们统一口径回答问题。

数日过去，净墨一无所获。

一天晚上，芷言从外面回来，当她准备推开楼下的大玻璃门的时候，只见净墨从黑暗中向她走来，这让她感到十分意外。

芷言说话的声音里带出了一丝少有的亲切，她说道，你是找我吗？净墨点头称是。芷言道，那我们到会所的茶室去谈吧。他们俩在黑暗中并排走着，芷言并没有注意到净墨黑着脸，只顾心里想着，他找我会有什么事呢？更少有的是，她感到了刹那间的心悸。

会所的茶室里没有人，地方虽然不大，但收拾得整洁干净，又是一色的红木家具，给人一种踏实的感觉。

芷言要了两杯绿茶。

芷言恢复了常态，道："有什么事吗？"

净墨瓮声瓮气道："我还是想知道事情的真相。"

芷言沉吟片刻，道："什么真相？真相就是意外啊。"

净墨道："既然是意外，你用得着花一百万摆平这件事吗？你为什么要买走叶丛碧所有的照片和日记？你想办法抹掉了你在车库里的能证明你不在现场的录像，你这种做法，有一点常识的人都知道是在掩盖真相。"

芷言看着净墨足有半分钟之久，道："你在调查我吗？"

净墨道:"对,我也去了你们学院,我知道你是一个什么样的人。"

芷言笑道:"那又怎么样呢?我没有什么要对你说的。"

净墨道:"不要以为你把事情已经做得天衣无缝,我完全可以把这些情况告诉媒体,有些时候,媒体一点都不比司法逊色。"

芷言道:"你只管这么做好了,但你说得没错,三个月以后,已经没有人对这件事感兴趣了,你愿意吃炒剩的冷饭吗?"

净墨无言以对。

芷言道:"我知道你喜欢叶丛碧,但也不能失去理智。"

净墨道:"我就是要对我爱的人负责。"

芷言道:"问题是她爱你吗?这才是你要面对的现实啊。"

净墨道:"我知道我的现实是什么,那就是我感觉到的心痛,我憎恨那些伤害过她的人。"

芷言道:"你错了,净墨,没有人伤害叶丛碧,我再说一遍,她的死只是一个意外,否则公安局也不会不立案,这可是人命关天的事。你是一个明白人,我也跟你说明白话,我所做的一切,并不是我哥哥要害谁,或者他已经害了谁而我要掩盖什么,我只是不希望我哥哥的名字总是出现在负面的新闻里,这种情况对他的影响太大了,对他的前途也很不利,他是一个有事业的人,而他的事业就是我的事业。"

净墨道:"但愿是这样,但我也给你一个忠告,偏执并不是一种优良品质,它无论从内容到形式都只能是一种病症。"

芷言莞尔道:"我很好,而且我也活得很充实。"

净墨看着芷言的眼睛道:"可是你的生命里没有一季春天。"

芷言没有说话,只是陡然间魇住了。等她回过神来的时候,净墨已经离去,茶室里仍有一股淡淡的茶香飘动。

十七

也许就是为了净墨的一句话,芷言决定为自己举办一个别致的婚礼。

芷言订做了婚纱,在这之前,她几乎没注意过这类东西,对婚纱的认识也只有纯白、梦幻的印象,这次才知道婚纱的种类已是名目繁多,有国色天香的唐风,也有长今版的韩式,更有波希米亚风情的复古婚纱,颜色也有粉红和杏黄,还有一身盛开的牡丹等等,真是五花八门。当然芷言还是选择了白色简约风格的婚纱,除了胸口有几粒碎钻星光闪闪,别无饰物。

她和乔新浪的婚纱相很快就被放进了玫瑰园婚纱影楼的橱窗里,男女主角都没有笑,却让人感到了春意融融的笑意,当然还有无边的幸福。广告语是新婚如桃,蜜汁四溢,引得无数行人艳羡的目光。

新房是乔新浪请最好的设计师设计和装修的，他最终买的是成熟小区的现楼，虽说价格不菲，但是环境和服务都堪称豪宅水准。室内的一切装饰和用品也都是乔新浪一手打造，整体风格可以感觉到他的用心和品位。

两个人还一块去挑了一对婚戒。选来选去，也只选择了最普通的光戒，一个圆圈而已。芷言坚持不要钻戒，她对过于女性的东西其实还不适应，她想，婚姻不过是人生最大的一个圈套，而且是自己隆重地钻进去的。她也不知道为什么，她始终调动不出自己喜悦的心情，如果她只是想告诉一个人她的人生春意盎然，那么这个仪式的规模是不是也嫌太大了？还是她根本就是为了自己？

婚礼的酒席设置在一家五星级酒店的水榭宫，水榭宫深入到酒店后花园的人工湖中心，被一池的荷花簇拥，与岸上相连接的迴廊两侧，鲜花盛开，争艳斗奇。

酒席只有四桌，宾客是选了又选的。每一桌的中心都有一捧从荷兰进口的黑色的郁金香，稀有而尊贵，无言的花语不仅是对宾客的重视，同时也显现出新郎和新娘对自己不同凡响的人生要求。

在水榭宫的露天阳台，按照芷言的创意，摆放了一架光可鉴人的三角钢琴，一名穿着西装，打着白色丝绒领结的钢琴家在弹奏着《春天奏鸣曲》，来宾们都是各行各业的佼佼者，他们的风采本身就是一道难得的风景线。庄世博更是西装革履，喜笑颜开，因为他是庄芷言和乔新浪的证婚人。

芷言白衣胜雪，可以说是世界上最美丽的新娘。

然而，这场美不胜收的婚宴还是彻底办砸了，因为乔新浪没有来，他成了一个货真价实的落跑新郎。

起因纯属偶然，当时的乔新浪一直频繁往来于内地和香港，准备结婚事宜，但就在他准备办事的前一天晚上，他在香港接到了廉政公署打来的电话，只是希望他去协助调查一桩小案子，但不知是不是乔新浪神经过敏，或者意识到他每时每刻都坐在火山口上，总之他思考再三，还是在回内地之后，就直接转机飞往了美国，并且断绝了一切对外联络。据称，他早就办妥了自己的香港身份。

这一下犹如推倒了多米诺骨牌。

备受打击的首先是庄芷言，倒不是她与乔新浪有多么相爱，也不是婚礼遭遇落跑新郎有多么难堪，而是就在不久前，她擅自做主，叫乔新浪给她提供一百万元人民币，她有紧急的事情需要处理。当时乔新浪人在香港，他的好处是从来不喜欢多问，只是按照她的要求，把相当于一百万元人民币的美金打了过来。

而事实上，早在三年前，某家国际信托投资公司要收购香港大华银行，当时国家有关部门召开联席会议，决定从国家外汇储备中拿出三千万美金，委托国有银行借给投资公司，作为大华银行增资的备用贷款资金，年息百分之四，十年归还。具体事宜是由王行长带着乔新浪赴港办理的，但当时王行长突然有急事要飞回北京，乔新浪便伙同早年就有交情的投资公司的副董事长兼大华银行的董事长串通一气，并没有把美元按照规定存入投资公司的账户，而是直接存入了乔新浪在大华银行的私人账户，这其中只用了二千五百万美元认购了大华银行的从属债券，扣留了余下的五百万美元，同时在认购大华银行从属债券的过程中，还有将近一个月的利息一百八十万港元也滞留在他的账户上。

另外，国家贷给投资公司的年利率是百分之四，但是以投资公司名义认购的大华银行从属债券的年利率是百分之十，其中百分之六的利息差额也被截留在乔新浪的私人账户上。至于他与投资公司副董事长怎么分账，由于他的出逃，只能存疑，而投资公司的副董事长已经双规，作另案处理。

智者千虑，必有一疏。世博和芷言都没有想到，他们最信任的乔新浪居然就是最危险的人。这件事着实让庄世博震惊不已，他对芷言说道，你跟乔新浪到底有没有金钱往来？芷言道，没有。世博道，有没有一起做金融投资？芷言仍说没有，世博这才放下心来。

芷言一夜未眠。

本来，芷言觉得一百万元在金钱的汪洋大海里实在也不算多大的数目，她只是一时拿不出来，但她坚信这笔账是很容易还上的。不知从什么时候起，世博开始把工资和奖金交给她，幸亏宛丹这个人不贪财，也并不过问这些事。但是这些年来,要维持一种体面的生活,他们的支出和花费也是相当大的,没有歪财就不可能一掷千金。

然而,只要动了财色之念,就已经没法在仕途上混了。这是一个悖论。

目前面临的问题是,这件事情的性质变了,如果乔新浪被捕,那她就成了同谋。而且这件事的最新注脚是,乔新浪对她的追求已经不言自明。

表面看上去,芷言显得十分平静,她甚至都没有抱怨一句。但是在自己的婚礼上新郎落跑毕竟是一件大事,如果不是亲身经历,谁都以为那一幕是在拍戏。庄世博感觉到芷言的反常,但又不知该怎样安慰,想来想去,他给宛丹打了一个电话,他觉得同性之间或许更好沟通一些,就算以前她们两个人有些小摩擦,但一旦不是姑嫂也就不再是天敌,而且宛丹是一个值得信任的人。

一天傍晚,宛丹回到家中来看芷言。芷言在她的房间看书,见到宛丹,笑道,你怎么有空呢?宛丹道,我也不是什么忙人,路过就来看看你。芷言道,我没事。

两个人默默地坐了一会儿,芷言又道,你不用为我担心,我其实根本不爱乔新浪,所以这件事伤害不到我什么。宛丹愣了一下道,那你为什么还要跟他结婚呢?芷言始笑道,你那么爱我哥,不是也离开他了吗?宛丹一下给噎在那里了,一时无语。

芷言叹道,宛丹,其实你才是我哥命里的女人啊。

宛丹故作轻松道，你也是病态地操心，你哥条件那么好，他这辈子哪里会缺女人?！芷言道，如果不是看上他的钱，也跑不掉是看上他成功之后的光芒。宛丹道，你不要说得那么绝对，这个世界上还是有好女人的。芷言道，好女人都只会远离他。

宛丹一阵心酸，几乎滴下泪来。

事后宛丹对世博说道，我是劝不了她的，反而被她劝了。世博不解道，她劝你什么？宛丹沉吟片刻道，无非一些好自为之的话吧。

一天深夜，世博被一阵轻而又轻的歌声惊醒，歌声时隐时现，如在梦中，所以世博也没有理会，正待睡去，那歌声又隐约出现了。世博想想不对，便起身去了芷言的房间，但见芷言身穿白色的睡裙，在黑暗中坐在敞开的窗台上，面对着无边的黑夜，嘴里似有若无地哼着歌，神色甚是婉约，在澄净的月夜仿佛天使来到人间。

世博惊出了一身冷汗，他悄悄地走过去，一把抱住芷言，把她掀下了窗台，推到床上。芷言似乎在一瞬间醒了过来，世博提及刚才的情景，她却茫然不知，只道自己在梦中好像是走进了一片漫无边际的沙漠，又累又乏，焦渴到人已枯竭，神志恍惚，这时眼前出现了一道柔光，这道柔光便引领着她向生的彼岸慢慢走去。世博气道，你也不必这么胡言乱语，为了一个乔新浪，你至于这样吗？如果是为了面子，那就更不用这样。芷言这才回过神来，道，我也只是被梦给魇住了，没事，有你在，我怎么会走？世博沮丧道，芷言，我不能再失去你了，你听明白了吗？

芷言郑重地点头。

的确，庄世博也承受着巨大的压力，在银行内部，乔新浪的事件一出，最先受到质疑的就是庄世博，有人提出庄世博用人失察，才使得乔新浪有恃无恐，完全失去管理，把香港当作独立王国，做起了自己的一盘地下生意，使国家利益蒙受了巨大损失。而更多的人则怀疑庄世博根本就是主谋，不然就没法解释文质彬彬的乔新浪怎么会有这个胆量？庄世博在这其中拿到的好处肯定不是一星半点，否则他就不用劳心烦神去扮演保卫二十一世纪大厦的当代英雄了。

一时间，庄世博的头顶乌云密布，他自己更是百口莫辩。

就在有关部门紧急成立的调查组进驻之前，由王行长牵头，在银行系统内部进行了一次彻底的自查。王行长说，无论查出了什么事，无论事件牵扯到什么人，都会一查到底，决不姑息。

富于戏剧性的是，这一次大清洗，庄世博并没有经济方面的问题。

然而，多米诺骨牌的飓风式瞬间压倒却给有着电脑程序脑瓜的郎乾义来了个措手不及，本来他是呼声很高，最接近掌门人位置的人，但有些事情还是浮出了水面。并且，这一次郎乾义的问题并不是出在艺凯集团公司贷款这件有争议的事情上，而是另有缘由。

原来，郎乾义情妇的哥哥要做一笔油料生意，便伪造某公司同意提供人民币一千五百万元定期存单作质押担保的声明，但所有的资料都是虚假担保，郎乾义则同意给该公司开出了承兑汇票。然而这一笔油料生意被情妇的哥哥做得血本无归，但他并未收手，仍与郎乾义密谋，用以新还旧的方式继续骗贷达三千一百万之多。

郎乾义随即被请进调查组。

一天，王行长叫庄世博代表组织找屈爱春谈一谈，因为郎乾义涉及的事情较多，但他本人并不配合调查，基本上是以沉默对抗调查。如果屈爱春能把事情说清楚，他本人的一些问题可以从轻，毕竟他只是郎乾义手下的一个工作人员。

当时正值上班时间，世博去了屈爱春的办公室，屈爱春不在，他办公室的人说，他早上打过一个电话来，说他头痛，要去医院拿点药，休息一下，明天再回来上班。

于是，庄世博便去了屈爱春的家，屈爱春的家所在的小区有着浓重的中产阶级风格，几座公寓式的高楼拔地而起，外观十分普通，没有什么特别。小区的面积并不大，但有着深灰色大理石墙面的独立会所，有游泳池和网球场，园林也修剪得整齐美观，尽可能显得春色满园，不仅没有那种伪欧洲式的巨型雕塑和人工瀑布之类，就连出出进进住户的表情，也显示出殷实的小富即安的特色。

是屈爱春给庄世博开的门,他看来真的是病了,脸色黯淡,目光也是没精打采,额头还敷了一块冷毛巾。世博问道,你吃药了吗?屈爱春道,吃了。

屈爱春的家里只有他一个人,老婆上班,孩子上学,客厅里有一面墙是落地玻璃门,通往外面的小阳台上种着一些花花草草,看不出有多名贵,但是长势喜人,阳光射了进来,整个客厅都显得十分明亮。

世博把王行长交代的话尽量委婉地对屈爱春说了,并叫他相信组织,这当然都是一些面上的话,屈爱春也表示,他知道该怎么做,等他一上班,就会去找调查组把事情说清楚。他的态度这么明了,反而两个人就这件事而言也没什么好说的了,所以一路品茶。隔了一会儿,屈爱春道,庄总,我们认识的时间还真是不短了。世博道,可不是嘛。屈爱春道,你其实都不知道,我一直是很佩服你的。世博笑道,是吗?屈爱春道,不过你肯定是不记得了,我总是在你的面前表现我的才华和能力,不过你最终还是选择了乔新浪。庄世博看了屈爱春一眼,无言。

屈爱春道:"有一次乔新浪喝多了酒,对我说,我觉得庄世博有恋母情结,所以他母亲的葬礼我去了,而且哭得特别伤心。"

庄世博想了想道:"我还真不记得有这事呢。"

屈爱春道:"他还说,庄芷言是很漂亮,但是她如果没有一个这么好的哥哥,她也没有那么漂亮。"

庄世博老实道:"乔新浪这个人,我是没有看出来。"

屈爱春道:"他小时候为了不上学装病,居然有三个月没下床。"

庄世博心想,人心即是江湖啊,不禁长叹一声道:"你怎么突然想起跟我说起这个来了?"

屈爱春道:"想说,就说了呗。你这还是第一次到我家来吧?"

庄世博点头称是。

屈爱春又道:"我也知道郎乾义这个人心胸狭窄,叫他只付出不得利,他是绝不会甘心的。可是他看得起我,所以我对他始终是心存感激的。"

庄世博道:"人生是有大是大非的,男人尤其不能感情用事啊。"

屈爱春道:"我当然知道不能感情用事,我出身工人家庭,能过上今天这样的日子,我很满足,也对得起我的家人。人生分配给我的角色,我想我也是会尽力演好的,老百姓说,有坐车的,就有开车的,有飞黄腾达的,就有粉身碎骨的。一切都不足为奇,常人都能看得这么透,我就是什么都没有了,打回原形,也没有什么可怨的。"

两个人就这样有一句没一句地闲聊着,直到把屈爱春的一壶好茶喝得像白开水一样,再无一点颜色,庄世博才起身告辞。

屈爱春住在二十四楼，他把庄世博送到电梯口。

电梯的门关上了，接着便徐徐下降，到了一楼以后，庄世博走出公寓楼的大门口，这时他有了一点异样的感觉，因为本来宁静的小区，竟有偌干保安和在外面散步或者遛狗的住户一起向他跑来，他们惊慌失措的脸上分明写着出事了。

人们仍旧不断地向他拥来，他听见有人说，快去看看吧，有人跳楼了。

世博的心里一紧，他也随着众人向出事的地方跑去，当他挤开人群冲到最里圈的时候，果然看见屈爱春俯身倒地，已经死去。

鲜血在屈爱春的身下慢慢地漫开，庄世博在震惊中也有所醒悟，他早该知道，屈爱春刚才所说的一切分明都是临别赠言，他甚至都说了他会是纵身一跳的那一个，而世博便是来告诉他郎乾义在等待着他的默契的那个人。

想必他也拿到了不少利益，所以该跳的时候就得跳。

十八

净墨正在上班，突然接到胡川的一个电话。

胡川在电话里说道，我在你这边办事，结果被"打了荷包"，手机也一块给偷走了，我现在在你门口的凉茶铺打电话，你下来给我埋单。

净墨道，怎么不是砍手党？直接就把你砍了呀。

胡川道，知道你想我死，仇富嘛，等我上了福布斯，再死也不迟。

净墨心想，上次把写电视剧的订金退给了胡川，想不到胡川只轻描淡写地说了一句，你倒是真的有情有义，可是又有什么用啊。也就没再说什么了，既然他没有为难他，给他付五毛钱的电话费也算是人之常情。

后来胡川还是找枪手写了这部电视剧，但结果是亏得血本无归，钱砸在水里连个响也没听着。

净墨在凉茶铺见到胡川，付了打电话的钱，又给了胡川二十块钱叫他打的回饭店。胡川道，就二十块，怎么够啊？净墨道，我打车到你那儿也就十八块，怎么就不够了？胡川道，不够不够，你给我一张一百的。净墨道，我没钱。胡川道，你不写我的电视剧当然没钱。见净墨瞪着他不语，这才想到自己是来讨钱的，便拍了拍净墨的肩膀道，年轻人，别老跟钱过不去，你要是有钱，女朋友能死在别人家里吗？净墨没有说话，把胡川手里捏着的两张十块钱又抽了回来。

胡川追上净墨，赔着笑脸道，就算我什么都没说行不行？净墨，你不知道你这人多讨人喜欢呢，我看来看去，就你这个人我还相信，你们这个圈子，骗子可太多了，说好了投钱不投钱，说好了张三的角色，李四来演了，以后遇上什么事了你只管找我，我们也算是不打不成交，你说对不对？净墨斜他一眼道，滚。胡川讨回二十块钱，打的走人。

净墨心想，网上说得真没错啊，世界是你们的，也是我们的，但归根结底是傻×的。

晚上，净墨去看叶妈妈。叶妈妈披星戴月而归，见到净墨在楼下等她，便带他上楼，给他拿饮料喝，道，我还以为你再也不会来看我了呢。净墨道，为什么呢？你过得好，对丛碧也是一个安慰。叶妈妈眼光一闪，道，你真这么想吗？净墨点了点头。叶妈妈环视了一下空荡荡的房子，神情无比落寞道，你是不知道我，忙一点反倒没时间乱想了。

就是在那一刻，净墨才从心底真正原谅了叶妈妈，毕竟，丛碧带给他的只是创伤，而带给叶妈妈的却是一生的隐痛。

暑去冬来。

这个冬天对有的人来说是无比寒冷的，法院以贷款诈骗罪一审判处郎乾义无期徒刑，并处没收个人全部财产；以违法发放贷款罪判处其有期徒刑十五年，并处罚款二十万元，数罪并罚，决定执行无期徒刑，并处没收个人全部财产。

郎乾义情妇的哥哥以贷款诈骗罪判处无期徒刑，并处没收个人全部财产。

宣判后，两个人都没有当庭提出上诉。

一直也没有乔新浪的任何消息。

经过了这一次惊心动魄的整肃之旅，有关国有银行的人事安排问题，坊间开始流传不同的版本，最终，尽管反对的声音一直没有中断，在王行长调离之后，庄世博还是被任命为国有银行的代行长。这到底符不符合中央精神？他到底算不算知识化、年轻化、专业化、革命化的人才？皆因其他的候选人在失去竞争力之后，让他的优势成倍地突显出来。

王行长在离开前，找庄世博长谈了一次。王行长说，我知道你是一个强势的人，但是你今后的工作环境，可能涉及体制改革，这就不一定适合大刀阔斧，快意恩仇，而需要更多的理性和谨慎。最后，王行长给了世博三点忠告，一是对于某些不能改变的潜规则，不要介入。二是正确对待自己，银行家不是救世主。三是戒财戒酒戒女人。王行长笑道，芷言说得没错啊，当官就是坐班房，真的要有所作为，还是得素心之人。

世博的心境，也极为肃穆。但转念又想，话虽是这么说，但人怎么能做得到呢？如果他的人生轨迹重新来到这里，他又会怎样处之？是否也一样难舍红酒和美人？

王行长又说，中国的大时代已经到来，但是许许多多的人并没有做好准备，有哲学、知识、经验方面的，也有人格、道德方面的。包括我们自己，甚至可以说各个方面都有所缺失啊。

世博道，我知道上一级领导是顶着巨大的压力提拔我的，我绝不会辜负你们对我的期望。王行长没有说话，但脸上的神情分明是你知道就好。

过了一会，王行长才叹道，你这个人的优点是聪明，缺点是太聪明。

消息传出,世博的许多朋友叫他请客,他也只是一笑了之。他不愿意给人留下一种烧包的印象,一个人在往上走的时候,言行都会成为陷阱,平常的一句话,一件事,都有可能招来最大限度的误会,敬重来源于疏离和适度的冷漠。

当然,他的心情还是无比喜悦的,不光是他的潜在对手败下阵去,对于大多数庸庸碌碌的人来说,他最值得炫耀的是:我不到四十岁就当上了代行长,你们呢?

唯一能够可以跟他一起庆祝的人,就是庄芷言了。

这天晚上,世博回到家中跟芷言一起喝酒庆祝,他们开了一瓶上好的法国葡萄酒,一直聊到深夜,谈到父母、童年、家事,也谈到了丛碧和宛丹。世博承认,有许多事情的处理和情感的流露属于大可不必,比起今天的成功,那些必须超越的东西显得微不足道,对于男人来说,成功的魅力绝不是财色可以比拟的。

后来,他们兴起,都喝了好多酒,也都有了醉意。

春天不知不觉地来临。

一连好多天,细雨总是淅淅沥沥地下个不停,天空中乱云飞渡,时散时聚,却是总难放晴,人也跟植物一样生活在水汽里。尽管芷言并非伤春悲秋之人,但她也第一次感觉到有一种难以言表的情愫,像春天的阴霾和潮湿,深锁心头,久久不去。

又过了几天,芷言突然十分地想念父母,于是她独自一人去了祖屋。

家里的陈设依然如故，而且由于每周钟点工都来打扫，所以也一直保持着干净、整洁。芷言一个人在家里坐了很久，不仅过去的生活细节卷土而来，就连她所熟悉的那种气息，也回到了她的身边。

芷言静静地在屋里坐了好一会儿，童年的生活不期而至，芷言便在其中尽情地回忆和漫游。后来，她去了菜市场，买了一些菜，还买了一束淡黄色的小菊花。回到家中，她把菊花插进空置的花瓶里，摆放在父母的合照前面。又为父母亲做了一顿饭，她把三菜一汤整齐地放在餐桌上，盛好了两碗饭。然后她远远地坐在一边看着，她看见父亲母亲很满足地在吃着家常便饭，还不停地讨论着什么事，其间，母亲还给父亲夹了青菜，母亲总是督促父亲吃青菜。

晚上，芷言睡在了父母的床上，体会着那种久违的爱，她感觉到自己在一点一点地缩小，最终缩回了母体，她安睡在母亲的子宫里。渐渐地，她返回宇宙，变成一粒微尘飘浮着，自由自在。

芷言恣意游荡着，只觉得体轻如燕，像一片羽毛一样随风而去。她想，所谓人生，不过就是在千万种选择里挑出一条道来走吧？那么她可以是梳着小辫子，穿着背带裙，静静地听着老师讲课的好孩子，后来她像许多女孩子一样，唱歌、跳舞、弹琴、作画，最终成为一个文艺青年，也有可能，她更喜欢枯燥的数理化，然后一生都在试验室里，摆弄着各种仪器，全神贯注、目不斜视，既是满头白发仍然美丽如初。但总之，哪怕是自己最期待的角色，也都是要放弃自由自在的吧？

所以她对自己的选择，才能那么安心。她既不是文艺青年，也不是女科学家，她只是她自己而已。

当钟点工发现芷言的时候，她已经死去——她是割腕之后血尽人枯的。

餐桌上有一条清蒸鲩鱼、一碟青菜和一碟炒鸡蛋，紫菜汤上还飘着葱花，饭盛得好好的，但是没有动过。

警方立即成立了专案组展开侦察，经现场勘探，住宅的门窗完好，大门及房门均反锁，钥匙齐全，屋内的物品摆放整齐，没有发现任何打斗的痕迹，室内物品也没有发现丢失。那一桌饭菜上也并没有其他人的指纹。

警方最终确定这是一起自杀案件。

芷言的事一经媒体爆出，许多心理学专家都纷纷发表自己的观点，认为她是典型的"微笑型抑郁症"患者。他们说，我们生活在阳光下，但是庄芷言很可能生活在我们所不知道的阴影中，也许有人说，庄芷言是平和的，自信乐观的，美丽而富有品位的，她根本不可能走上这条路。但这都无法排除她是一名"微笑型抑郁症"患者，那就是她把美好和微笑展示给了别人，而她自己始终生活在一种压抑之中。

更有专家指出，微笑，很有可能是一种"内伤"，包括逞强也要笑到最后，高危人群都是学历较高的成功人士。微笑抑郁并不是慢性疲劳，尽管它也是一点一滴增加积累的，最为可怕的是，它很难被人认知，人类要认识自己并不是一件容易的事。

专栏作家说，女人都是执拗的。无论她们选择一种什么样的生活方式，永远不要劝女人，劝女人就像劝皇帝，从夏商的关龙逢、比干，到邹忌、魏征，乃至明朝的海瑞、杨继盛……有魏征一样好下场的凤毛麟角，而女人的固执绝不在皇帝之下，劝谏至少还算拼得君前死，留下身后名；劝女人的下场就是她不仅恨你，恨死你，而且还会以加倍的热情把你劝诫的错误进行到底。

小资在博客里说，知道她有问题，也知道她生活的状态不对，更知道生命的可贵不能轻言放弃，可还是喜欢她，真心地喜欢她。我们生活在别处，她却完成了自己。

街头巷尾的议论是，她还缺什么呢？她具备了所有女人的长处，也绝不可能为感情上的事发愁，那她到底怎么了？！

在心理学专家对民众大声疾呼，要关心自己的心理卫生时，有记者采访了潘思介教授，记者的提问是，你作为庄芷言的导师，如何评价你的这位特殊的学生？对于这个问题，潘教授并没有做出正面回答，他只是说，精神分析疗法只是个案谈话疗法，但这一学说必须是一个人完成的巨大工程。人类到底是理性的动物，还是由本能和潜意识机制来激发行为，永远是一个争论不休的课题。

他又说，不过，一个人与另一个人之间是有界限的，哪怕是骨肉至亲，哪怕是心心相印，也还是有界限的，但是包办性的爱发展到深处，这个界限就会消失，以至于出现各种各样的心理问题。但是我还是要说，据我的观察，庄芷言并没有生病，她完全知道她自己在做什么。这就是我的结论，而尤其在当下这个社会，人们做出令人不解的激烈举动或者偏执的行为时，患了抑郁症绝对不是唯一的正解。

宛丹也是在报纸上得知芷言是怎样了断尘缘的。说句老实话，震惊之余，她也并不知道芷言是否生了重病，是否就真的是一名抑郁症的患者，但她清楚清醒地生病和清醒地堕落一样让人心痛。

她不知道她还能做些什么，或许应该去看一看世博，至少她还能默默地陪他坐一会儿。于是，她找出了家里的钥匙，本来她以为这钥匙她再也用不上了，就算是要接送庄淘，她也只要在楼下等就好了。所以在办离婚手续那一天，她拿出钥匙来还给庄世博，当时世博苦笑道，你留着一把钥匙，也不等于我们没断干净啊。

宛丹打开家门，果然看见世博一个人坐在芷言的房间里。

他的神情木木的，目光有些呆滞，早已不是以往富于神采的他。见到宛丹，他只是伸出一只手，用力地摇了摇，那意思是别说什么，什么也别说。

一连数日，世博都是不吃不喝，不言不语，像一只困阻在沼泽地里的狮子。宛丹也只有默默地陪伴着他，世博一直坐在芷言的房间里，宛丹就睡在客厅的沙发上。终于有一天，宛丹像牵着孩子那样带着世博来到了她的训练场地，她给世博套上防护衣，把剑放在他的手里，剑掉在地上，世博神色茫然，但是宛丹再一次地迫使他握住剑柄。

那一瞬间，世博用尽最后一点力气和宛丹拼杀起来，这一次宛丹一点也没手软，他们杀得难解难分，大汗淋漓，直到世博再也支持不住地跌靠在墙上，泥一般地滑坐在地上。良久，宛丹丢下手中的剑，拔起世博的头盔，见他满脸是泪，她知道他终于哭出来了，随即也瘫坐在地上。

世博仍旧没有说话，如烟的往事开始滚滚而来，直到芷言的断然离去，他才意识到他是那么地需要她，而他也从未有离开过她，伴随着一路行来的风雨，她已经成了他的一部分，无法割舍。好多次好多次，他都想问她一句，你的耳朵还痛吗？可他就是说不出口，话到嘴边又咽了回去。然而现在，再想说什么，也已是无人倾听了。

处理完芷言的后事，世博又外出去疗伤了，这一次他走得更远，他去了国外出差。

芷言离去之后，净墨意外地收到了她的一封信，信里面只有两句话，第一句是，我不后悔。第二句是，我至死都不后悔。

回想起来，想必是净墨窥视到了一个女人锁春的秘密，而他却没有半点欣赏，只有厌恶，便如同一根刺一样，深深扎在了芷言的心头。芷言是否动过凡心，不得而知，但总之结果是又一个优秀的女人渐行渐远，净墨在伤感之余，不觉有些怅然。

他并不认识查宛丹，也不知道曾经有过三个美丽的女人是在不知不觉中俯下身去，成就了一个男人的辉煌，然而，对于她们心底的扭曲和幽怨，那个男人却没有丝毫的察觉。

净墨把芷言的信和他与丛碧的一张工作照放在一起，等待着它们渐渐泛黄，变成追忆。他当然知道，丛碧未必爱过他，他们之间发生的故事也许只是一段迷情，但他是真心地爱过这个简单而又拜金的女孩，就像丛碧真心地爱过庄世博一样，但庄世博就未必，否则他干吗不在第一时间把心爱的人送到医院？在这个没有爱情只有迷情的年代，他早该明白，人变异的力量要比爱情强大得多。

然而，许多事情根本是没法阻止的，除非它们相继发生，否则这个时代不会过去。